2020秋

朗読劇

線量計が鳴る

元・原発技師のモノローグ

中村敦夫

而立書房

装画　黒田征太郎
装丁　大石　一雄

目次

まえがき

誰だって、晩年は静かに暮らしたいと思うだろう。私も、読書や執筆、仏教研究などで、ゆったりとした時間を味わいたいと思っていた。

二〇一一年の福島第一原発事故は、そんなささやかな一老人の希望を、一瞬で打ち砕いてくれた。深い眠りを破る非常ベルの襲撃のようだった。

これまで、私はエコロジストを自認してきたし、原発の危険に関しても論及してきた。しかし、正直なところ、自分の生きている間に、小中学校時代を過ごした土地で、大型原発事故が実際に起きるとは想像もしていなかった。

原発事故は、戦争に匹敵する大惨劇である。

表現者として、頭脳が回転しているかぎり、だんまりを決め込むわけにはいかない。それは、卑怯というものである。

では、何ができるか？

「エネルギーを制する者が、世界を制する」時代が続いてきた。その中で、原発は最高位の権力を謳歌してきた。「核の平和利用」というスローガンで、世界中を「安全神話」のペンキで塗りたくり、反原発派を社会の表面から追放してきた。

マスコミは大スポンサーである電力会社に忖度し、反原発の言論を神経質にチェックする。日本は、「報道の自由」世界ランキングで、七十何位という不名誉な評価を受けている。まさに、報道統制国家である。

この境遇の中で、表現者が「真実」を披露するのはかなり困難である。

一方で、原発事故以後の半年間くらいは、虚実もろとも、膨大な情報が世の中にあふれ出たのも事実である。しかし、あまりの分量とジャンルの広さ。専門性の高い資料などとも無秩序に流出し、一般の人々が、面喰らったままの時が過ぎていくような気がした。これでは、すべてが謎々みたいになっちまうと思った。

私は、複雑な情報を整理し、材料を取捨選択し、原発の抱える本質的な問題と構造が、誰にでも分かりやすく見えるような作品を書こうと決意した。

一番単純で、力強い表現手段。一人で書き、一人で演じる。言葉だけが武器のプロテスト・シアター。そこには、誰にも阻止できない正真正銘の自由がある。つまり、究極、朗読劇というスタイルを選んだ。

こうして私は、原発という巨大テーマに、素手で立ち向かうことになった。

尚、「老人と蛙」は、二〇一二年に、日本ペンクラブ所属作家五二人が寄稿した『今こそ私は原発に反対します』（平凡社刊）に含まれる一作である。

これは、短い戯曲であり、内容の大よそは、「線量計が鳴る」と重複する。

いわば、「線量計が鳴る」の原本と言ってもよい。

この本の二作は、プロ、アマチュアを問わず、原発ゼロを目指す人々によって、どんどん上演されることが作者の願いである。

二〇一八年九月

中村敦夫

朗読劇

線量計が鳴る

元・原発技師のモノローグ

電源三法
スクリーン
頭上に
譜面台用
小型ライト
約500ワット
ワイヤレス
ピンマイク
譜面台
中村特製
スポットライト
人物用
1キロワット
アンプ
映写機
コンピューター
スピーカー

舞台図

●舞台化に際して

舞台は、荒野のイメージ。

中央、客席寄りに、台本の置かれた譜面台。その部分に、上部からスポットライト。人物にも、正面から一キロ規模のスポットライト。

背後には、やや大き目のスクリーン。ここに、朗読中に登場する組織や人物名、グラフや地図、写真など、観客の理解を助ける資料が映し出される。

その内容の選択は、演出家次第となる。

東北弁の台詞の訛《なま》りぐあいなどは、演出家と俳優の判断に一任する。

1

ハンチングをかぶり、リュックを背負った老人が、どこからか登場。

中央前方の譜面台に向かって歩いてくる。

手には放射線用の線量計を持っている。地面にかざすと、その度に甲高い警報の音。

「うああ、高えな……」などと嘆く。突然、人の気配を感じたかのように、観客の方へ振り返る。

老人 ん？　挙動不信？　ああ、んだっぺなあ。これ？　ああ、線量計つうんだ。ここいらの放射線量測ってんだわ。オレ？　んだなあ。罪深い亡霊みでえなもんか。悪気はねがったけんと、結果的には大勢の人の不幸に加担しちまったわけだ。なんせ三五年間も、福島原発で配管技師として働いできたんだがら。「原発は安全だ、安全だァ」って、自分も他人も騙ぐらがして飯喰ってきたんだがんな。挙句の果て、とり返しのつかねえ原発事故が起ごっちまった。自爆テロみでえなもんだ、これは。

この話すんのは、ほんとに辛えわ。んでもな、どうやっだって現実からは逃げられねえ。

双葉町で生まれ育ったオレが、こったら目に遭うのは運命なんだっぺか。子どもの頃はいがったよ。親父は東電の下請け会社に勤めでいた。生活に不自由はねがった。地元の工業高校を卒業してがら、親爺と同じ会社に就職した。一生保証されたようなもんだから、周囲も喜んでくれだ。

双葉町はよ、昔は海岸と畑しかねえさびれた町だった。とごろがよ、原発が建設された途端、人口が増え、商店街が広がり、ビルが建ぢ、文化施設、スポーツ施設、そのほか、必要かどうかも分がんねえ建物までどんどん増えた。原発立地の浜通りの自治体は、一時的にはどこも同んなじように繁栄した。予算をばらまぐための法律、電源三法のおかげだね。電源開発促進税法、電源開発対策特別会計法、発電用施設周辺地域整備法。ナムマイダー、ナムマイダー……。

このお経《きょう》唱えっと、原発を受け入れた県や市町村には、たっぷりと交付金が降りでくんだわ。事故の前の年の予算表を見っど、国から福島県さ流れる原発予算の金額が、一年に一四〇億。そごがら五六億円分が、大熊、富岡、楢葉《ならは》、双葉の四町さ分配される。自治体にはそのほか、原発関連企業からの税収だの寄付金だのが入る。

んでもな、こういう構造には落どし穴があんだわ。原発が建ってからの数年間は、町中がドンチャン騒ぎがも知んねえ。

資料1

電源三法

原発おいで！交付金おいで！

ところがな、時が経づど、金の流れは弱くなるべさ。あっちこっちに作った施設は、やだらど維持費、運営費が嵩《かさ》んでくる。有料施設には客が来ねえ。気がつぐど、自治体の赤字が膨《ふく》らんでる。

そうなっと、自治体は何考えるかわがっけ？　んだ、んだ。第二、第三の原発が欲しくなるんだわ。もうはあ、麻薬患者と同じ禁断症状が出る。原発は覚醒剤だ。覚醒剤患者の最後つうのは、破滅だがんな。

でっけえ声では言いだぐねえけんと、オレの故郷双葉町は、早期健全化団体へ一番乗りだった。つまり、破産自治体ってごとだね。あぶく銭は身につかねえって、昔の人はうめえこと言ったねえ。

オレは個人的には恵まれてきた。職場結婚して、三〇代で2LDKのマンションを買った。女房は原発敷地内で雑用係やってでだ。妊娠をきっかけに退社したが、流産だった。それ以降は、体調不良で子どもができねかった。時々思うんだが、あれは果たして天命だったんだべか？　職場の周囲は、何だかんだ言っても、それなりの放射能は漏《も》れでっがんな。

それはともかぐ東電も下請け会社も、いい会社だと思ってでだ。待遇がいがっだからな。

オレが嫌だったのは、定期点検が杜撰《ずさん》だったごとだ。多少機械に不具合があっても、報告はごまかせって指示されだ。会社は修理に金をかけたくねがった。点検に来るのは、経済産業省の傘下にある原子力安全・保安院の下級職員だった。この保安院つうのは、本来は原発の安全を管轄する国の最高専門機関のはずだ。ところが実態は、体裁だけの役所で、ほとんど素人集団だった。何もわかんねえから、こっちの言う通りになる。覚えてっぺ？　事故が起きた直後のテレビでの保安院幹部のシドロモドロ答弁。右から読んでもホアンインアホ、左から読んでもホアンインアホと笑い者になっだっけな。

結局、この保安院は解散して、今は原子力規制庁つう名前に変わっちまった。んだけんちょ、ほどんどの職員が横移動しただけで、アホ体質は以前のまんま。何が嬉しんだが、原発再稼働のハンコをボンボン押してる。アホ通りこして、（頭を指差し）ここさ来ちまったんでねえべか。

時が経ち、オレも幹部に昇進し、配管部門で安全管理の班長になった。問題が起きたのは、五五歳の時だったね。保安院が点検に来る三日前だった。オレは、制御棒の駆動装置の予備品が足りねえことに気づいた。これは一大事だべした。オレは早速社長に報告した。

んで、社長は何て言った？「急いで模造品を作れ」だど。これは手抜きなんてもんじゃねえ。詐欺《さぎ》、騙《かた》りの類だ。オレはギリギリまで抵抗した。んでも社長は、「東電も承知の上だ」ど言う。親父もオレも、この会社にはさんざ世話にな

資料2

ホアンインアホ

―原子力安全・保安院―

ってきた。悩んだ末、オレは結局折れた。技師としてのプライドを捨て、心で泣きながら、見掛けだけの偽物を使った。

しばらくして、確か二〇〇七年の初めだったな。北陸電力が、臨界事故を隠していだごどが明るみに出できた。それをきっかけに、あぢこぢの原発で不正が発覚した。どこでどう分がったんだか、オレの関わった模造品作りもバレで、大問題になった。「悪いようにはしねえ。しばらくの我慢だ」。社長に説得され、オレ一人が責任取らされた。そして、パッとしねえ部署に左遷されだ。ところでよ、この事件をきっかげに、全国の電力会社の事故隠し、データ改ざん、部品捏造《ねつぞう》などの徹底的調査が始まった。

まあ、出るわ出るわ。現場で働いできだオレ達ですら、ひっくり返るほど出てきた。

そのうぢいぐつがは、運が悪けりゃ福島以上の惨事になりかねねえ重大事故だがんな。こったら不祥事が、三〇〇件以上も明るみに出だんだど。三〇〇件以上！バレねがった数を入れれば、毎月どっかの原発が危機に見舞われてるつう勘定でねえのけ。

　オレは、閑職に追いやられでる間に、いろいろ考えだでばよ。そしてある時、あるごとにハッと気づき、愕然としたんだ。つまり、オレは現場の技術や部品のごどには通じでる。んでも、原発の成り立ち、安全問題、業界の相関図なんかについでは、何も知らねえ。そんな自分にあきれ果でだんだわ。

　オレは、本やら資料やらを集め、一から原発について調べ始めた。しょっぱなから、頭をガンとやられだ。一九七一年商業用として最初に運転された沸騰《ふっとうすい》水型原発は、今回最初に爆発しだ福島第一の

資料３

事故隠し 300 件

1973　美浜原発／燃料棒折損事故隠し。
1978　福島原発／７時間の臨界隠し
1995　高速増殖炉もんじゅ／ナトリウム流出事故　記録ビデオ捏造
2002　東京電力／検査結果・修理全記録隠し。
2007　柏崎刈羽原発／燃料脱落、変圧器火災、活断層隠し。
など、合計 300 件以上の事故隠し。

一号機だ。アメリカの大企業・GE（General Electric Company）が開発し、日本に売りづげだマーク1という機種だった。

これを設計したのが、GE専属のブライデンボーつう技師だった。この人、三年後に、マーク1には致命的な設計ミスがあるごとに気づいたんだわ。何か事故が起ぎだ時、原子炉格納容器が、内部の圧力に耐えるには小さすぎる。それに内部の機械の構造が複雑すぎて、危機脱出用の装置が稼働できねえ。プールも最上階に設置するのは危ねえ。ブライデンボー技師は、GEに対し、世界中で動いているマーク1を停止させるよう要請した。んだけんとも、GE幹部は要求を退け、対症療法だけで運転を継続させた。その報いがこのザマだがんな。

原発建設を始めた頃には、日本には技術的ノウハウが全然ねがった。アメリカから来た技術者たちの下で、右往左往しで組み立てたらしい。オレは配管専門だから、思いあだるふしがあんだ。蜘蛛《くも》の巣みでえに入り組んだ何万本ものパイプには、所々に接続箇所がある。オレが点検した範囲でも、何箇所か不自然な継ぎめがあり、あり合わせの金属で溶接した跡もある。パイプのひび割れも放置しできた。オレはよ、ここさきで、何だか恐ろしくなっちまったんだよ。あのまんまだと、パイプ類は一寸《ちょっと》した揺れにも弱いし、腐食しやすい。

こりゃ大変だ。早く上に忠告しねえどなんねえ……んでも、上ど言っても何処《どこ》さ連絡したらいいんだが？

唯一の希望は、内閣府直属の原子力安全委員会だげだった。東京大学大学院教授を中心に、日本の原発危機に対応する最高権威たぢで構成されている。この人らなら間違いねえべど思って、オレは詳しい事情を手紙にして送った。

ところがよ、いづまで経っても返事は来ねえ。しびれきらして事務局さ電話しても、全く要領のえねえ受け答えばっかだ。

三ヶ月も過ぎた頃だった。出勤するなり、社長室に呼ばれだ。いぎなり、「会社辞めてくれ」つうんだ。「なんで？」って聞いでも、「分がってっぺよ」どしか答えねえ。オレは、薄々見当はついださ。んでも、いぎなりクビ同然の宣告されて、素直に納得できるもんでねえ。席に戻るど、周囲の人間の顔が引ぎつってだ。誰も声をかげでこねえ。横目でオレを見でる。その視線が冷えてんだ。たまらねえがら外へ飛び出しで、労働組合の事務所さ飛び込んだ。ハナがら相手にされねがった。電力総連は原発推進派だし、経営側とはズブズブの関係だ。会社に逆らう奴は猫以下だと思っててんだっぺ。

それがらの数ヶ月は地獄だったわ。会社がらの嫌がらせは、もうはあ手が込んでいで、オレも女房も神経さズタズタにされだ。結局は長いモノに巻がれろ。会社の言いなりで、自主退職するごとになった。引退後の過ごし方についでは、女房の夢をかなえるごどにした。その夢つうのはな、双葉町の北西四〇キロの山ん中にある飯舘《いいたて》村。ここは女房の出身地で、母親一人で実家を守っでだ。田畑つきのでっけえ農家でな。一、二年しだら、ここさ引っ越してよ、夫婦で小せぇ規模の有機農業をやるつう計画だった。

しかしなァ……人生は甘ぐねえ。会社を辞めで半年後、オレが一寸外で用を足してから家さ帰るど、女房が台所で倒れでだ。目見開いたまま、動かねえ。頭が真っ白になった。救急車呼んで、病院さ運んだが、もうはあ手遅れだった。心筋梗塞……前がら軽い不整脈が出でいだんだけんとも、何とかなっぺと気にしてねがった。

途方に暮れだわ。しばらくは、朝から晩まで寝転んだまま、天井を見づめて暮らした。人生が根本から狂っちまった。生まれで初めで、孤独つうもんの怖さと凄味を感じたね。

ある日、電話が一本かがってきた。飯舘村出身の女房の知り合いで、オラ達に有機農業教えてくれるごとになってだ人だった。その人が言うには、早くこっぢさ来て、農業始めろ。その方が気がまぎれるつぉうて。それに、女房の母親が独りぼっちになっちまった。他に身寄りがねえから、オレに後見人になれっつうんだ。女房の顔が脳裏に浮がんだ。「母ちゃんの面倒よろしくね」。目がそう語っていだ。こんで、やっどオレの重い腰が上がったんだわ。

有機の専門家は、須賀川で大型農場の土壌改良をやっでいだ。時々飯舘村さやってきて、手取り足取りノウハウを教えてくれだ。

ところであんたら、飯舘村に行ったことあっけ？　山と谷と林と田畑、四季の風景は三六〇度、どごを切り取っても絵はがきになるほど美しい。野菜や果物も豊富。牧場もいっぺえあって、牛が何千頭もいた。のんびり楽々、この世の天国みでえな場所に思えた。ここで、残りの人生を過ごせるなんて、なんつう幸せだど思っただよ。三年間はあっという間に過ぎだが、また困ったことが起きた。二〇一〇年の秋、義母が脳血栓で倒れだ。一応手術したが、歩けるようになれっがどうか、リハビリ次第つうごどだった。幸い、南相馬にリハビリ施設があって、そこであずがってもらうことになった。

いいごどもあったよ。有機農業の訓練を始めて三年目、この秋には初めでの収穫があった。艶光《つや》りするようななす、枝豆、もろこし、さづまいも、大根、いろんな菜っ葉類、どれもこれも、うんと新鮮で味が濃い。農業は、命を作る神聖な仕事だっつうごどがよぐ分がった。もう少しがんばれば、少しは商売になっぺとおだでられだよ。

んでもよう、幸せつうもんは、長続きしねえもんなんだべか……。

翌年、忘れもしねえ、二〇一一年三月一一日。突然、悪夢の日がやってきだ。午後二時四六分、東日本を最大級の地震が襲っだ。飯舘村の揺れもこれまでにねえはどのものだっだが、ここでは建物が倒壊するようなことはねかった。んでも、すぐ停電になった。オレは自家発電に切り換えで、テレビをつげだ。

地震がらまもなく、大津波が東北、関東の沿岸を飲み込んだ。

午後五時三八分、NHK・TVニュースは、福島第一の二基で、非常用ディーゼルが使用不能になったと報道した。「非常用の発電機が使えねえだど！　んだば、原子炉を冷やせねえべ！」。やられた！と思っだよ。アナウンサーは心配ねえみでえなこと言ってだが、とんでもねえ話だった。

なんでがって、電力業界は、大型事故なんてハナから計算に入れてねえ。んだがら、事故が起ぎだらどうすっがなんて、訓練したごともねえし、技術もねえ。とにかく逃げろ、逃げるっかねえ！　オレは思わず双葉町の方向さ向いで、独りで叫んだんだわ。

政府は、安全だ、心配ねえと繰り返しながら、避難指定区域は三キロ内、十キロ内、二〇キロ内と段々広がっていぐ。翌日の一二日午後、一号機の建屋が水素爆発すっと、パニックは一挙に広がった。浜通りの何十万つう住民が、四方八方さ大移動だ。郡山や福島、会津、つまり北西方面に向かった人が多く、どの公道も山道も車の大渋滞に見舞われだ。浪江《なみえ》町の津島地区や飯舘村まで逃げできで、ひとまず落ぢ着いたグループもあった。原発からは四〇キロ以上ある飯舘村は、村を挙げて避難者に対応しだよ。オレも納屋から米運んで、朝昼晩、炊き出しに協力しだ。

一四日には、三号機も爆発。んでも、飯舘村は心配ねえど思った。ところが、一五日には、二号機の格納容器が損傷し、大量の放射能が流出した。発電してねかった四号機でも水素爆発が起ぎた。

一七日の夜だったがな。飯舘村・長泥地区の炊ぎ出しを手伝っての帰り道、雪が残る山道の入口に白い車が一台止まってんのを見がげだ。白い防護服を着た人間が二人、薮《やぶ》の中で動いでだ。オレは自分の車止めて声かげだ。二人は顔を見合わせたけんちょも、何の返事もしねえ。オレは、連中が何してんだが分がっだ。手に線量計を持っでだがんな。「原研から来たんだっぺ」って聞いだ。

原研つうのは通称で、正式には〈日本原子力研究開発機構〉つう文部科学省の天下り機関でな。原発の研究開発や、〈もんじゅ〉の実験なんかを専門にやってる。で、オレが何きいでも、奴らは黙ったまま だ。「測った数字、教えろや!」、オレは思わず怒鳴《どな》っちまった。すっと奴ら、急いで白い車に乗り込んで、逃げるみでえに消えっちまった。

遠ざかるテールランプを見送ってるうちに、突然、背中にゾクッと寒気が走っだ。しまった! 放射能がここまで来るわけねえどたがくぐってだが、白い防護服がうろうろしている以上、事態はやべえことになってんじゃねえべが! オレは急いで帰宅し、物置きの奥に突っ込ん

資料4

原　研

日本原子力研究開発機構

—文科省系腐敗装置—

であった段ボール箱を開げだ。二度と使うことはねえと思ったが、とりあえず放り込んでだ技師時代の道具が入ってる。そん中から線量計を取り出し、電池を入れで外へ飛び出した。針がブンブン揺れ出した。数値が異常に高え。現役時代も、原発敷地でこんなひでえ環境にいだことはねえ。不覚だった。オレは酪農家の区長の家《うぢ》さ飛んでって、事情を説明しだ。区長は腰抜がしてだ。

それがら、南相馬のリハビリ施設に電話をかげだが、全然通じねえ。ここがダメなら、南相馬もアウトだ。備蓄してあっだガソリン缶を積んで東へ走った。今すぐやんねばなんねえごとは、女房のオッ母アを安全な場所さ移動させるごどだった。

対向車線は依然混み合っていだが、オレの走る反対側の車線はガラ空ぎだった。三〇分余りで南相馬市さ着いだ。町はすっかり空っぽで、シーンと静まりかえっていだ。生命体つうか動くものがねえ。オレは夢でも見でるがと思っだ。リハビリ施設は真っ暗で、もぬげのカラだった。

玄関で茫然と立ちすくんでいだら、一人の痩《や》せこげた爺さまが奥の方から姿を表した。なんでその人だけが残ってでだんだが、今は思い出せねえ。ただ、患者だちは一五日の夜、全員バスで新潟の病院さ運ばれたつうごとだけは分がったのさ。

オレはその病院の名前聞いで、来た道を引ぎ返した。大変な独り旅だったよ。福島郊外の古びた温泉宿に一泊し、翌朝早く新潟に向がって走った。あいかわらず道が混んでで、病院に着いだのは真夜中だった。悪いごどは重なるもんだよな。オッ母ァはバスの中で肺炎をおごし、面会謝絶の集中治療室にいだんだわ。危篤《きとく》状態で、オレは丸二日間、対面できねがった。やっと会えだのは、婆さまの死顔だった。

三月二三日には、政府が農産物摂取制限指示を出した。心がボキッて折れだね。これで福島の農業は終わりだど思っだ。

線量が高えごどが分かってから、飯舘村の住人六三〇〇人のうち、三分の一ぐれえは自主避難した。だげんど、まだ四〇〇〇人ぐれいは、どうしていいのが分かんねえで、もだもだしでいだ。

悲しい知らせが深刻な状況に追い討ぢをかけだ。オレに有機農業の手ほどきしてくれだ専門家が、政府の農産物摂取規制を悲観して、首をくって果でだつうだよ。あんなに明るぐ未来を見でいた人が、なして……無念だったたっぺな。口惜しかったぺなあ……。

悲劇も頂点さ達すっと、涙も出ねえもんだなあ。オレは毎日腑抜《ふぬ》けになって、村の周囲を徘徊するようになっだ。被曝量がどんどん増えていぐのを知ってでも、気にならねえようになっだ。正直、死んでも構わねえと思ったよ。

事故から四〇日ぐれえ経った四月二二日、政府はやっと飯舘村を計画的避難区域に指定しだ。そんでも、実際に退去が始まったのは、五月中旬がらだった。飯舘村の住人は、二ヶ月間たっぷり高線量の放射線を浴びたわけださ。

オレも避難を強制された。与えられたのは、伊達東のグラウンド跡に、応急で建てられた仮設住宅だった。そこは一二〇戸ぐれい建ってたけんど、ほどんと飯舘村からきだ住民だった。原発立地じゃねえから、今まで一銭ももらったことのねえ飯舘村の住人が、いぎなり故郷を奪われ、難民にされちまったんだ。

次第に、酒浸りになっちまった。もうはあ、ほぼアル中だな。仮設に入って一年目の冬。福島市内の居酒屋で泥酔しぢまってよ。居合せた客ど口論になった。「避難してる奴らは、金がもらえで運がいい」なんて言われでな、思わずぶん殴っちまった。つかみ合いになり、警察が来たのまでは覚えでる。その後どうなったか、思い出せねえ。

真夜中、寒さで目が覚めた。三畳ぐれえの狭い部屋……。雰囲気がら、留置所だとすぐ分かった。生まれで初めでの経験だったよ。上を見上げりゃ、鉄格子の小窓が一つだけ。半欠けの月が、白々した光を投げかげでくる。なんで福島県人同士で殴り合わねばなんねえか。オレは急に情げなくなってよ。涙が溢れてきて、ガキみでえに大声あげで、嗚咽《おえつ》しだ。「うるせえ!」。どっがで怒鳴り声がした。オレはハッと身を起こし、我に返った。

急に気分がスッキリし、頭が回転し始めだ。原発事故以前の、まともな自分に戻ったみてえだった。

自分の過去を、冷静に振り返ってみだ。原発の町で生まれ育ち、原発で働き、そして原発事故で人生をぶっ壊された。これは何かの陰謀でねえべが。

オレは自分が、とんでもねえ巨大な罠《わな》にはまったような気がしてきた。

老人は、再び周囲の線量を測り始める。

2

老人 ところでよ。原発はどうやって電気を作んのが知ってっけ？　簡単に言えば、こういうごど。ウランを使って核分裂を起ごすど、猛烈な熱が発生する。その熱で水を沸騰させっと、蒸気が吹き出っぺ。その蒸気の勢いでタービンを回し、電気が生まれるつうわけだ。つまり、何のごとはねえ、蒸気機関車と同じ理屈よ。核分裂を一挙に起こすのが原子爆弾で、ゆっくりコントロールして分裂させるのが原発つうわげ。ま、原発は原爆つう親が生んだ血筋の悪いガキみでえなもんだ。

んでもよ。たかが湯を沸かし電気を作るために、なしてこったら危険で複雑な核分裂なんかやんねばなんねえが……。不自然だっぺ。

答えは、歴史にあんだわ。第二次世界大戦末期、各国で原子爆弾開発競争があった。積極的だったのは、アメリカ、ソ連、ナチスドイツだった。ナチスは敗戦濃厚になって、途中で諦めだ。米国は、核による世界征服を目指し、これを〈マンハッタン計画〉と名付げ、膨大な資金と労働者をつぎ込んだ。

そんで、他国に先駆け国内での実験に成功した。まあ、その破壊力はケダ違いだった。開発に参加しだ科学者の何人もが、実際の使用には反対したほどだ。一九四五年四月、ナチスが敗北すっと、太平洋の米軍は沖縄に上陸した。日本の降伏も時間の問題だったんだわ。

そんでも、米国のタカ派政治家と軍部は、何としても原爆を日本に落どしたか

資料５

マンハッタン計画

―原爆使用による米国の世界制覇作戦―

った。爆弾の威力を試したかったし、台頭《たいとう》してきたソ連のスターリンに対し、自国の優位性を示しだがったからよ。そんで、広島、長崎の一般市民二〇万人の命を一瞬で奪った。生き残っだ被曝者だちも、一生後遺症で苦しんだ。無差別に一般人を殺したんだから、あきらかに国際法違反だげんと、いまだに、「あれは戦争終結のやむを得ない手段だった」って弁解しっ放しだ。

戦後の米国は、さらに強力な水素爆弾の実験にとりかかった。南太平洋のマーシャル群島では、一九四六年から五八年までに、六四回の核実験を強行し、大規模な海洋汚染と環境破壊をやらかした。この辺りで漁をしでだ日本のマグロ船は、有名な第五福竜丸も含めて、千隻もいだんだ。ほどんとが被曝しで、乗組員から大勢の犠牲者が出だ。群島に住んでいた原住民も、人体実験のモルモットにされだ。これに対しては、世界レベルで、反核運動がおっぴろがり始めだ。

そこで、米国政府はどんな手を打っだと思う? なんと、〈原子力の平和利用〉つう大キャンペーンを始めだ。早え話が、原発のごどだわ。〈平和利用〉。このイメージは、大衆の核アレルギーをやわらげるのに有効だった。原爆に大金をつぎ込んだ政府や投資家にとっても、幸運の女神になったんだ。滅多やだらに原爆を落どすわげにもいがねえし、原爆の廃物利用でザクザク金が入りや、申し分ねえわな。日本はどこまでおめでてえんだか、アジアでは鴨の第一号になった。

原爆で大勢殺した相手の国に、今度は原発を売りつげで儲げんだがら、米国企業はさぞかしウハウハだっだべよ。この時、米国政府の手先になって使い走りをしたのが、中曽根康弘、正力松太郎《しょうりきまつたろう》という二人の政治家だった。二人とも後に、科学技術庁長官になって、この狭い島国に原発を作りまぐっだわ。詳しいこどは、読売新聞に聞げ。

仮に百歩譲って原発を作るとすっぺ。こったら危ねえもんだから、条件はつぐ。第一条件は、地震のねえ場所つうこどた。んだら日本は最初がら条件充だしてねえわ。列島を無数の活断層が入り乱れで走ってんだがんな。そん中でも、南北を貫く中央構造線の活断層が危ねえ。ほれ、熊本大地震がそれだよ。その延長戦のすぐ南側に川内《せんだい》原発、北側に伊方《いかた》原発がのっかってんだぞ。どっちが震源地になっても、地面に一五メートルの段差ができんだ。原発の建物はひっくり返っちまうべよ。福島原発事故どころでねえよ。偏西風が、とんでもねえ量の放射能運んで、日本全土がまるごと汚染だ。全住民は、中国かシベリアさ引っ越さねばなんなくなっど。

世界の原発は、建設中、計画中のものを入れれば四百数十基ある。そんながで、危険地帯にあっと指摘された原発は、三九基。たまげんなよ。そのうぢの三五基が日本の原発なんだがんな。こったら危ねえ立地に一七カ所、五四基。数でも世界第三位だなんて、到底正気の沙汰とは思えねえべよ。これで「事故は想定外」なんて、どの面下げて言えんだっぺ。

ところで、原発事故が起ぎだ時、当事者がやんねばならねえ三原則がある。〈止める。冷やす。閉じ込める〉だ。

〈止める〉は、炉の中で起きている核分裂の連鎖を止めるごとなんだげんと、でっけえ地震なんかが起ぎれば自動的に止まる仕掛けになってる。福島第一原発の一、二、三号機はそれで止まった。次は電気で水を送って、炉の中で発生するものすげえ熱を冷やす。最後の〈閉じ込める〉は、放射能が外に漏れねえように、コンクリートや鉛を流し込んで外側から固める。
福島の事故の問題は、第二の〈冷やす〉だったんだよ。通常は普通の電気で水送っで冷やしてんだが、自分どごが停電になっちまっだからそれはでぎねえ。そこで外部電力を利用する手はずだった。福島には三系統の送電線があんだけんとも、変電所が地震で壊れちまっだがら、電気を受けられねくなった。最後の手段は、非常用のディーゼル発電機を使うことだった。ところが、この機械はタービン建屋の地下室に置がれていた。低い場所だけに、津波が来だからひとたまりもねえつうことになった。

資料6

止める
冷やす
閉じ込める

電気が使えねえど、炉を冷やす水を送ることもできねえ。

圧力容器の中では、燃料棒の束が強烈な崩壊熱を出し続ける。

どんどん水が蒸発し、むき出しになった燃料棒はメルトダウンし、さらに圧力容器の底を破ってメルトスルーした。これで、三原則の最後〈閉じ込める〉は不可能になっちまった。これをどう処理すっか。世界には、経験もねえし、技術もねえ。今でも途方に暮れたまんまだ。

ところでよ、これだけの事故を起こした責任を、原発業界は全部津波のせいに

資料7

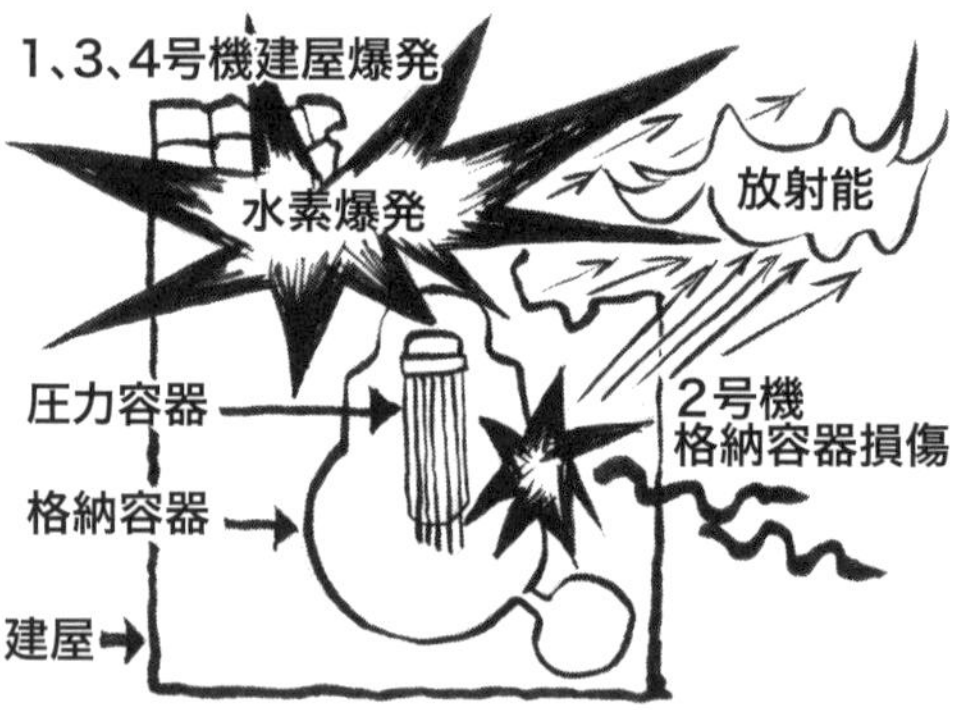

してる。津波で電源喪失したのが原因だってな。んでも、オレは、それをまるごとうのみにはできねえと思ってる。オレは配管技師だったから、内部の機械の案配をよぐ知ってる。復水器系配管が、津波が来る前に地震で壊れたつうことは充分ありうるんだわ。

元第一級の原発設計技師だった人も、地震から数時間で、五、六〇トンもの冷却用水が消えただどすれば、配管破損としか考えられねえど主張してる。

さらに、決定的な証言も出てきた。一号機の非常用電源喪失の方が先で、その二分後に津波が到達しだっつう事実だ。

電力業界は、必死になってこの種の意見の口封じに精を出しできだ。なしてか？事故の原因が津波でねぐて、その前に起ぎた地震による配管破損だどしたら、日本列島の原発を、全面的に即時廃炉にしねっかなんねえがらよ。奴らには原因究明なんてどうでもいい。頭にあるのは、再稼働と運転延長で、手前の会社の経常収支を黒字にすることだけだ。

それはそうど、事故が起きちまったら、技術的対処も重要だげんとも、住民の健康と安全を護るのが第一だっぺ。とごろが、何が起き、今後どうすべぎがについて、内閣のコメントはまことに頼りねえものだった。

内閣は……というよっか、ほどんとの政治家は、原発についての基礎知識すらねかった。一般国民と同じで、長い間、安全神話にずっぽりはまり込んでいたんだっぺ。官邸の政治家だぢは、経産省から急遽送り込まれてきた二人の専門家をあでにするしがねかった。

一人は安全委員会委員長の元東大大学院教授・斑目《まだらめ》春樹。もう一人は、東電から派遣された武黒《たけくろ》フエローつう役員格の男だ。斑目つうのは、東大教授時代から政府御用達の典型的な御用学者。普段がら御用と書いた鉢巻きをしてるような男だ。浜岡原発訴訟どか、いろんな裁判や審議会なんかで、政府側の立場を弁護して立身出世してぎた。ところがどうしたごとか、原発事故が起きてからは、〈大丈夫〉を繰り返すだけで一向に要領を得ねえ。

もう一人の武黒フェローは、通信手段が混乱して、東電本社も情報を持ってねえど言い訳ばっかり。

苛立《いらだ》った菅《かん》首相は、三月一二日早朝、斑目を連れでヘリで現地へ向がっだ。だげんど、現地さ行った首相はジャマ者扱いを受げで追い返されだ。帰りの機内で、〈爆発の可能性は？〉って首相が聞いだら、斑目は、〈絶対にない〉ど答えだ。ところがよ、午後になったら、一号機が爆発しだでねえの。しかもよ、官邸がそれを知ったのは、爆発がら一時間一四分後の民放テレビ放送だった。それまで、どごがらも何の報告もねかった。テレビ画面には、白い煙に包まれた一号機が映ってた。斑目は「アチャーッ！」って叫んで、頭を抱え込んだ。何が起ぎてんのかも説明できねがったそうだがんな。

菅首相は、武黒フェローつう男もやべえと思ったんだっぺな。ヘリで現地に行ぎ、免震重要棟に入っだ時、現場には大ぎなスクリーンがあり、東京の東電本社と、テレビ電話で会議をしでた。つまり、東電本社と現場は、リアルタイムで情報交換しでだ。連絡つかねえつうのは嘘だったわけだ。武黒の本当の役割は、官邸をだまぐらがすことだったんじゃねえべか。武黒でねくて腹黒だったんだ。

さて、ここで大問題だ。安全委員会と双璧で並ぶ原子力委員会つうのがある。菅首相は、ここの筆頭御用学者・近藤駿介委員長に、福島事故の最悪シミュレーションをださせたんだ。その結果に首相はびっくりこいだ。何せ、最後に爆発した四号機で、核燃料の詰まったプールが宙吊りになってでだんだど。プールの水が空になったら一巻の終り。そうなったら、東北、関東、東京から五千万人の避難が必要つうんだがらな。

原発推進派だった菅首相は、ガラリど反原発に態度を切り換えた。そして、直近で、最も危険度が高い浜岡原発の運転を止めた。

その直後、何が起ぎだか覚えてっかい？

突然、政界に倒閣運動が起ぎだんだ。ドサクサ紛れに、各省庁もサボタージュに入り、首相批判のガセネタをリークし始めだ。与党も野党もマスコミも、電力総連も、一斉に菅たたきを開始だ。国が破滅すっかも知んねえ一大事つうのに、トップの足を引っ張ってる。家が火事だつうのに、消火活動ほっぽり投げて、皆で親爺の頭さぶん殴ってるみでえなもんじゃねえべか。菅首相が好きが嫌いがってレベルの問題じゃねえべよ。日頃の争いはさておいて、一致団結しねえっかなんねえ火急の時だっぺ。

オレは正直、この国が恐ろしぐなったわ。こんだけじゃねえ。調べていぐうぢ、もっとオッカネエ話が出でぎた。〈核種〉って知ってっけ?

プルトニウム、ストロンチウム、セシウム、トリチウム……。

理論的には、核爆発が起きっと百ぐれえの核種が発生する。どれもこれも健康に深刻な影響を与える猛毒だ。

ところで、事故で放出された放射能の

資料8

核種

ヨウ素	131
セシウム	137
イットリウム	90
トリチウム	
コバルト	60
ストロンチウム	90
プルトニウム	239

など、福島原発事故では31核種が発生

総量は、七七万テラベクレルだっつう発表があった。

もっと分かり易く説明すっか。広島に落とされた原爆のセシウムの一六八倍が、長崎に使われれた原爆のプルトニウム、その三五倍が、東北や関東や太平洋にばら撒かれたつうことになる。これはけたたましい量だわ。毒性がゼロ近く消えるまで、セシウムは三〇〇年、プルトニウムは、二〇〇万年以上かがるんだよ。

放射能の三分の二は海の方に流されたつうけど、それをたっぷり浴びて被曝したのは誰だが知ってっけ？　お友だち作戦で海に浮かんでたアメリカ海軍の軍艦二五隻、一万七千人の水兵達だ。これまですでに九人が死亡。何千人もが発病して苦しんでる。んでもアメリカ海軍は知らん顔で、放射能との関連は否定してる。たまりかねた水兵たちは、東電相手に裁判を起こしだ。要求総額は、五千億円。日本も米国もなに馬鹿やってんだ。

話は飛ぶげんと、プルームって言葉、聞いたことあっけ？　放射能の気体のかたまり、まあ、いろんな核種を含んだ雲みでえなもんで、風向ぎによってあっちこっぢさ移動すんだわ。その過程で陸地や海、川に降りかかんだけんとも、雨や雪ん時は、一緒になってドバドバと大量に落下する。今回は、大型のプルームが七個も発生したんだど。

三月一二日の第一のプルームがら二一日の第七のプルームまで、東北南部、北関東、東京なんかの上空をうろつぎまわり、一都一五県に強烈な汚染地帯やホットスポットを作り続けた。周囲の県はとぼけっ放しだげんと、汚染は福島県だけでねえんだぞ。

悪いごどには、こうした汚染地帯さ、何千何万の人だぢが逃げ込んだ。そして、

資料9

プルーム

—放射能を含んだ空気のかたまり—

避難のつもりで待機しだがら、逆に強烈な被曝を受げっぢまった。

　プルームの流れを知ってれば、安全な場所に逃げ切れたんだべし。何か方法がねがったんだべかと誰でも思うべね。

　実は、あっだのさ。

　今なら知ってる人もいるかも知んねえが、SPEEDIつう技術がある。日本語では、〈緊急時迅速放射能予測ネットワーク〉つう長たらしい名前だけんちょ、要するにコンピューターを使った放射能気流の行き先予測装置だ。

　文部科学省の所管に、〈原子力安全センター〉つう組織があっで、そこがSP

資料10　空間線量 予測図　地表から1mの高さの線量、除染しない場合。大阪大核物理研究センターの資料をもとに作製

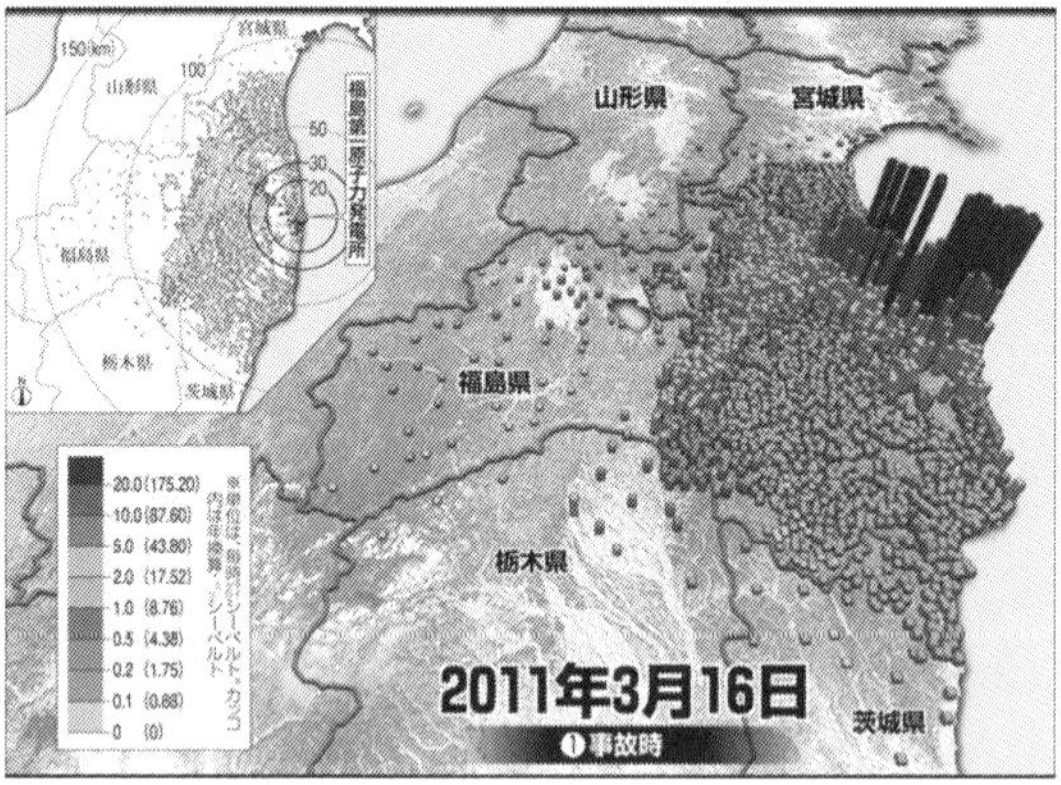

朝日新聞社提供

EDIを操作してたんだ。

その予測データは、最初の爆発があった深夜には、原子力安全委員会、原子力安全・保安院、関係省庁、現地対策本部、福島県庁に送られてだ。んだけんとも、これらの組織は情報を握りつぶしちまった。

福島県庁が、県民の危機回避に動かなかったつうのは、とんでもねえ話じゃねえけ。肝心の避難民には知らせねえで、人々はどんどんプルームの動く方向さ向がうごとになったんだがら。

関係機関や県庁は後になって、システムの精度がどうとか、風評被害とパニッ

資料11

スピーディ
SPEEDI

—緊急時迅速放射能予測ネットワーク—

クが怖かったとか言いわけしてでたが、何言ってんだべ。そのために県民の大量被曝に目つぶってどうすんだよ。風評どころか、とんでもねえ実害だど。今もってこの責任は追及されてねえけんとも、オレは県民を絶体絶命の窮地に追い込んだ大犯罪だと思うけんど、どうだっぺか？

もう一つ、情報が届がねがった肝心な場所があんだぞ。おったまげた話だげんちょ、首相官邸だよ。首相が初めてスピーディの存在を知らされだのは、三月二〇日以降。事故から一週間以上も経ってがらだよ。この情報があれば、政府はもっど適格な避難指示を出せたはずじゃねえべか。この国のシステムは、ぶっ壊れちまってんのかよ。

で、これがらがどうなる。被曝した人だぢの健康、汚染された陸地と水、再稼働するポンコツ原発、捨て場のねえ放射性廃棄物。それを話す前に、一五分間、小便時間取っぺか。

3

老人戻ってくる

老人　原発事故のあぐる年の春だった。

汚染地図を独自で作ってるある市民団体が、ウクライナのチェルノブイリ原発を視察するっつう話を聞いでな。伝《つて》を探して仲間に交ぜてもらった。チェルノブイリの事故がら、丁度二六年経っていた。つまり、ウクライナさ行けば、二六年後の福島の姿が見れるんでねえがって思ったんだわ。

チェルノブイリ原発事故が起ぎだのは、一九八六年四月だった。第四原子炉の中で、突然核分裂が暴走し、大爆発を起ごした。放射能汚染は、ヨーロッパ全土に拡大しだ。特に東西南北五〇〇キロ以内の住民は、深刻な被曝にさらされだ。チェルノブイリはウクライナの北端にあって、北のベラルーシ、東のロシアと隣り合わせだけんども、当時は三ヶ国ともソ連に統合されでた。

オレらの視察団は七人。成田を発ち、途中ウィーンで乗り換え、都合一六時間かけて、ウクライナの首都キエフの空港さ到着しだ。古くせえホデルに一泊し、翌朝、一一〇キロ北にあるチェルノブイリへ向がった。森や畑や荒野を抜ける平坦な道だけんと、車がオンボロで三時間以上かがっだわ。

資料12

旧ソ連三ヶ国

原発から半径三〇キロ以内は、放射能の線量が高えので、今でも立ぢ入り禁止になってる。そごさ入るには、二つの検問所で特別許可証を見せねえどなんねえ。チェルノブイリは、小さな森の町で、昔は金持ちの避暑地だったたつうこどだ。今では、数軒の廃屋と外来者用宿泊施設、役所のような建物があるだけで、殺風景な町並みだ。街の中央に公園があってな、散歩道に沿って白い墓標みでえなものがずらっと並んでだ。よーく見っと、一つ一つに村の名前が書き込まれでんだ。事故前には存在した村々で、白いプレートは一六八あっだ。つまり、一六八もの村が消えだつうごどだ。こういう村々は汚染がひどぐ、空き家はほとんど地中に埋められちまったんだと。放火でもされで山火事になったら、放射能の灰が気流に乗って、地球の半分に降りかかっからな。オレは福島の汚染地域も同じ運命をたどるんでねえべかど、暗澹《あんたん》たる気持ちになっだよ。

午後がら、いよいよ原子炉見学に出発した。町がら一五キロぐれえ走っと、コンクリートと鉛を流し込んだ石棺と呼ばれる化け物みていな四号機が、不気味な姿を現した。オレらは、二〇〇メートル手前で車を降りだ。手にした線量計を見っと、五から六の間を針がぶれ続ける。一時間当たりの被曝量を示すマイクロ・シーベルトだ。マイクロをミリに換算すっと、年間五〇ミリ・シーベルト前後になっから、かなり危険だ。国際的な安全基準値は、年間一ミリ・シーベルトとなってる。ウクライナでは、年間五ミリ・シーベルト以上の場合には、強制転居の命令が出されるんだと。

オレはハッとしだよ。日本はどうなんだっぺ。文部科学省は、年間二〇ミリ・シーベルトを安全基準値に設定した。しかもよ、大人も子どもも同じ二〇ミリだ。これは、世界中の放射線学会もオッたまげでるだよ。人間の体は年が若いほど細胞分裂が活発で、それだけ放射能に被曝しやすい。赤ん坊の被曝危険度は、爺っち婆っぱの百倍以上なんだとよ。本当のとごはよ。安全基準値なんつうのは、勝手にデッチ上げだもんで、絶対的根拠なんてねえんだ。放射線は、遺伝子を破壊し、免疫力を落どす。んだから、少ねえ被曝でも、あらゆる深刻な病気を引き起こす。脳、肺、心臓、腎臓、肝臓、神経、筋肉や骨、甲状腺、血液、眼、すべての部位にガンや機能不全を発症させる。

そればっがじゃねえ。三代、四代以降の子孫にも、遺伝による障害が出んだと。そんだつうのに日本では、家と外回りだけちょびっと除染して、二〇ミリ以下になったら、避難解除だって言う。今じゃ、避難民に向がって、帰村キャンペーンをやってんだからあきれっちまうわ。ウクライナは五ミリ以上は駄目で、なして日本だけは二〇ミリまで、ＯＫなんだが。

日本は、世界に先がけて、原発被害の人体実験するつもりなんだべか。また、広島、長崎と同じだど。とんでもねえ話だよ、これ。

二〇一七年の春、あっぢこっぢで避難指示が解除され、飯舘村へ帰る人もちらほら出てきた。大人が覚悟して戻るんなら仕方ねえべ。んでも、若い者や子どもだけは絶対道連れにしちゃなんねえ。オレ？　オレは帰んねえよ。たっぷり被曝させていだだいたから、今更放射能が怖いわけじゃねぇ。ただよ、国の言いなりで、右向けって言われたから右向く。左って言われたら左。死ねって言われたら死ぬ。金さえもらえば、何でも言うことをきく。オレはもう、そんな日本人にはなりたくねえだけだよ。

話を元へ戻すべえ。この四号機の石棺《せっかん》だげんど、もう大分前から流し込んだコンクリートが劣化し、メルトダウンした燃料からかなりの放射能が漏れ続けでる。これを処理するため、ドームみでえなバカでけえ鋼鉄のシェルターを作り、レールで運んで石棺全体を覆う工事をやってでた。財政赤字で苦しいのに、二千数百億円の予算を組み、三千人の作業員が、二週交替で働いでだ。今は出来上がっていて、百年はもづつう話だ。

でもよ、次の百年がきたら、また新しい奴をかぶせねばなんねえべ。その次の百年も同じけ。マトリョーシュカじゃあるめえし、いつまでそだごど続げる気だべ。

チェルノブイリで一泊し、翌日は、西へ七五キロほど走り、ナロジチつう市さ入った。大量の放射能を含むプルームは、細長い帯みでいに大地を汚染しながら、どうしたんだが、この街に集中的に降り注いだ。ソ連政府は強制移住地区に指定し、全住民の退却を求めだ。当時のナロジチの人口は三万人。その三分の二が移動したとごろで、ソ連が崩壊しちまった。んだがら、今も一万人が取り残されだまんまだ。

市長や病院院長、学校教師なんかの話を聞いだんだが、最大のテーマは除染と住民の健康だった。〈除染〉については、市長が溜め息まじりに言った言葉が印象的だったな。結局のどころ、除染つうのは、政治家が世間に向がってやって見せるパーフォーマンスにすぎねえつうんだ。効果がねえのを知ってでも、何かやって見せねえど納得してもらえねえ。いろいろやって町ん中の線量は減ったげんとも、周囲の山林がらは高濃度の放射能が漏れ続けでいる。結局財政的にも無理になっで、十数年前から除染は辞めだつう話だ。

福島県でも、作業員を大動員して除染やってっけんと、放射能をごみ袋さつめ込んで、右から左へ移動させでるだけだ。公共事業と同じ手口で、何千億の無駄金が、政治家や土木業界、暴力団さ流れてんでねえべが。この業界、裏側から見っと、環境省の杜撰管理、飛び交う賄賂《わいろ》、接待疑惑、手抜き工事、ピンハネ、作業員への賃金不払い……（唄って）何から何まで真っ暗闇よ。日本も日本人も汚れっちまったねえ。

ナロジチの病院の院長は、最近生まれでくる赤ん坊の中で、背骨が曲がったままの子が増えでるって言ってでた。つうごとは、赤ん坊の母親にしろ、父親にしろ、事故当時、子どもどして被曝したわけだ。あるいは、大人になるまでに、何らかの原因で体内に放射能を取り込んだつうことだ。そんで、遺伝子破壊による障害を背負って、今の赤ん坊だぢが生まれてくんでねえべか。

学校教師の話では、この町で学校に通う少年少女は約二〇〇〇人。うぢ一三〇〇人が病院通いをしてんだとよ。約六五％の子どもが健康に異常ありつうことでねえか。事故から二六年も経ってんだど。

それにしても、どこさ行っても、最近、家族や親類や友人が死んだつう話を耳にしだ。それも、四〇代、五〇代の若死だ。

ウクライナでは、チェルノブイリ事故以来、平均寿命がどーんと下がった。七五才だったのが、六〇才前後に縮んでんだぞ。

事故による死者についでは、三ヶ国とも公式発表はしていねえ。特に独裁政権が誕生した今のベラルーシでは、放射能と増加する病気の関連性を証明しただけで、医者も学者も監獄さ送られる。とにかく、原発の危険性だの事故の被害についての情報は、国際的に管理コントロールされてるつう事実が、この旅で実感できたわ。

なに、誰が管理してる？ そりゃ、ＩＡＥＡだっぺよ。ほれ、国際原子力機関つう放射能産業をバックアップする国連系の組織だわ。ウイーンに本部があってな、世界中に二三〇〇人ぐれえの職員がいる。ま、商売用の原発はジャンジャン作らせっけど、核兵器への転用は許さねえなんて、わけの分かんねえこと言って

資料13

IAEA

国際原子力機関

—原発マフィア本部—

る。

ＩＡＥＡの公式発表だど、チェルノブイリ事故による死者は、未だに二八名だけだ。これは事故直後、現場で事故処理に当だり、三週間以内に亡くなった急性放射線障害の人数だべ。だのに、事故処理に従事した二四万人の作業員、高濃度汚染地区の二七万の住人、低線量被曝地に住む五〇〇万人には健康上の異常ナシだとよ。んだけど、被曝による症状はすぐ出るものばっかでねえ。急性放射線障害の他に、晩発性《ばんぱつせい》放射線障害つうのがあってな、長期間にいろんな臓器がガンに冒される。こっちの場合の方が多いんだわ。

ＷＨＯって聞いだことあっかい？

世界保健機構――医療問題の国際研究機関だ。不思議な話だげんと、一九五九年に、ＩＡＥＡと奇妙な密約を結んだんだど。その内容は、「放射線と公衆衛生に関わる問題は、ＩＡＥＡの承諾なしに取り扱えない」つう滅茶苦茶なもんだ。こんで医療の世界最高機関であるＷＨＯは、放射能関連の病気について、独自で何も発表できねえごどになった。

だげんど、世界には良心的な医者もいれば、まともな研究機関だっていぐらでもある。二〇〇五年、ＩＡＲＣ（国際ガン研究機関）が、放射能由来の死者は一万六千人だと発表しだんで、ＩＡＥＡは慌てでだ。医学界の突き上げで、ＷＨＯも動き、ＩＡＥＡとの共同調査が始まった。すったもんだの挙句。二〇〇六年になって、三ヶ国あわせたチェルノブイリ事故関連死者は、九〇〇〇人と少なめに報告しだ。こんなごどで、なして数字をケチるかねえ。

その後、二〇〇九年のＮＹ科学アカデ

資料14

WHO
世界保健機構
—ダメ医者の集い—

ミーが出版した報告書は、「死者は百万人」と発表した。

そんでも、ＩＡＥＡは、急性放射線障害の二八人にこだわり、日本政府もそっくりそのままＨＰ《ホームページ》に張りつけ、世界中の笑い者になってんだ。二八人と百万人ではえれえ違いだもんな。

放射線医学界には、立派な医者もいるにはいるんだけんとも、やはり本流はまともじゃねえのが幅きかせてんだわ。そん中でも、特定の日本人医者どもが優遇され、でけえ面してんだ。これはとんでもねえわげありなんだわ。

広島と長崎に原爆を落どされ、日本帝国はあわてて無条件降伏した。その後しばらくして米軍は、〈ＡＢＣＣ〉つう調査機関を送り込んできた。

日本語では〈原爆傷害調査委員会〉ってなってる。この機関の目的は、広島と長崎の被曝者のデータを収集するごどでな、被曝者を治療するごどではねかった。つまり、核兵器の威力や効果・人体実験の結果を記録するための機関だったんだ。

で、この時、日本の軍医や地元の大学病院の医者が、一三〇〇人も助手どして協力しだ。んだがら、日本における放射線医学の研究拠点は、今でも広島大学や広島赤十字病院、長崎大学なんがになってんだな。ＩＡＥＡがらたっぷり寄付金をもらってっから、何がら何まで、いいなりになってんでねえべか。

　ＡＢＣＣは、一九七五年、放射線影響研究所と改名して、米軍から日本に渡されだ。

　略称では、〈放影研〉って呼ばれてる。一九八一年、重松逸造《いつぞう》つう男が、放影研の理事長に就いだ。重松は元海軍軍医で、戦後は、国立公衆衛生院で出世街道を駆げ上がった。水俣病、スモン病、イタイ

資料 15

ABCC

原爆傷害調査委員会

—原爆効果を祝う会—

イタイ病、川崎公害などの研究班長を務め、発生源の企業をすべてシロと判定しだ。患者たちが怒ったのなんのって、とんでもねえ悪らつ男だ。一九七三年には、WHO諮問委員会委員になって国際的に顔を売るようになった。

チェルノブイリ事故が起きで三年ほど経つと、あぢこぢの病院から、子どもたちの間で甲状腺異常が激増してるつう報告が上がった。

そこでIAEAは、御用医者だぢを集めて調査団を組織し、その団長になんと重松を指名したんだわ。

一九九一年、重松団長は調査結果を発

資料16

放影研

放射線影響研究所

—ABCCからの贈物—

表しだ。「小児甲状腺ガンの多発もないし、甲状腺結節もみられない。騒いでいるのはストレスのせいである」つうオッたまげた内容だった。

その翌年、翌々年と、ベラルーシの医療現場から、子どもだちの甲状腺ガンのデータが、国際的に公表された。

一九九四年になって、重松は、しぶしぶ再調査に乗り出した。そして、甲状腺ガンの大量発生はやっと認めだが、またしても原発事故との関係は否定した。

甲状腺ガンは、もどもど発症件数の少ねえ大人の病気だがんな。

核爆発で発生するセシウムやヨウ素の影響なしで、同じ場所で、大勢の子どもの患者が出るはずねえべよ。ウクライナは、二〇一五年までに、六〇四九人の子どもが甲状腺ガンの手術を受けたと認めた。

日本でも、最新情報では、一九〇人以上の子どもに甲状腺ガン、ないしは疑いが出だ。そして、すでに一五〇人がガンの手術をした。そのうぢの何人かは、オレの知ってる子どもたちだよ。んでも、国も福島県も、放射能とは関係ねえってシラばくれてる。それどころか、診察回数が多いから、患者の数が増えるなんて、信じられねえような言い訳を始めだ。

重松の後を継いで放影研の理事長に就いたのが、弟子の長瀧《ながたき》重信だ。長崎大学の名誉教授で、政府の〈低線量被曝のリスク管理に関するワーキング・グループ主査〉を務めでた。

ほれ、政府が出してるＨＰを管理して、〈チェルノブイリ事故の死者は二八人だけ〉つう主張を頑固に護っていつの間にかお隠れになった男だよ。

長瀧の子分に、山下俊一という男がいでな。これも長崎大学大学院教授だったが、原発事故が起ぎっと、政府の計らいで、突然福島県立医科大学の副学長に任命されだ。すぐ、県の放射線リスクアドバイザーに就任、〈県民健康管理調査検討委員会〉の座長についだ。要するに、県内の放射線医療政策の全権を握っちまった。医者たちは、この男の許可なしに、自由な診察ができねかった。

事故のあどの山下の行動は素早かったど。避難者の溜まってる場所を飛び回り、講演会で安心安全論をぶちまくったんだがら。内容つうたら、乱暴どいうか滑稽《こっけい》どいうが。

「放射能は安全だ。ニコニコ笑っている人は病気にならない」

どこの会場でも、失笑がわぎ起こったたっつう話だど。そのうえ、この男は大嘘つきだ。以前、医学雑誌に「年間一〇〇ミリシーベルトまでの被曝でも、ガンの可能性はありうる」なんで論文書いてだのに、今では「一〇〇ミリは何の心配もねえ」なんて言いまぐってんだ。

つまりは、重松、長瀧、山下という人脈に、IAEAの原発安全神話が、どす黒い血液となって流れてんだわ。

それにしても、IAEAべったりの放射線医学界は、不自然な言動が多すぎねえか。

外側から放射線を浴びることを外部被曝つうんだが、IAEAも日本の学界も、こっちばかり重視する。この方針は、広島長崎に乗り込んだABCCから、今日のIAEAまで、ずっと受け継がれている。

一方、空気や水や食物を摂取して発病する内部被曝には、この連中、ほどんと目もくれねえ。そりゃ、内部被曝の方が、圧倒的にがんが多いからだっぺ。この業界

資料 17

外部被曝

ICRP
国際放射能防護委員会

—IAEA 御用達—

資料 18

内部被曝

ECRR
放射線リスク欧州委員会

—外観だけじゃわからない—

は、平気で世論操作して、医学的真実までねじ曲げちまうんだがら、あぎれたもんだよ。

老人、再び線量計をかざしながら、荒野を一周する。

4

老人　考えでもみろ。原発を動かしてるかぎり、核廃棄物は溜まり続け、置く場所も処理する方法もねぇんだよ。〈トイレなきマンション〉とはよく言ったもんだな。生活環境は、いづれ放射能で糞まみれになっちまうべ。

事故後の福島原発の場合は、待ったなしで深刻だで。メルトダウンしだ後、メルトスルーして地下にもぐりこんだ核燃料のかだまり。デブリって呼ぶんだけんちょ、これがどうなってっか、全く分がらねえ。周囲の放射能は五〇〇シーベルトもあるっつう話だ。五〇〇シーベルト。人間が近づいたら何秒も経たねえうちにあの世行ぎだ。こんなもんが、でっけえ地震でむき出しになったらどうすんだ。

もう一つ大問題がある。原発の建屋の下を流れる地下水の汚染だ。現在でも、汚れた水が一日一〇〇トンも出でる。それを一〇〇〇トン収容のあの白い丸タンクに入れっと、十日で満杯だ。汚染水は浄化装置を通すつうが、危険なトリチウムは取り除けねえ。凍土壁も役に立たねえことが分かった。

オリンピック誘致の集会で、わがアホノミクスは、汚染水はアンダーコントロールされると大見栄を切った。汚染水がジャブジャブ漏れている真っ最中、国際舞台であんな嘘っぱち並べていいもんかね。そのうぢさらに屁理屈《へりくつ》ぶっこいで、何もかも海に流し始めっかも知んねえど。そうなったら、魚介類は食えだもんじゃねえべ。永久に放射能が流れ込んで、世界の海はどうなんだ。


こんでも、原発推進派はやめられねえって言う。その根拠つうのは、長い間国民が信じ込まされできた嘘八百だ。日本の原発業界は、技術と知識は最低だけんと、嘘だけは一流だがんな。隠す、嘘つく、しらばくれるの三拍子だ。

嘘八百のうちでも最悪のもんは、原発がねえと電気が足りねえつう大嘘だ。このグラフ見でみな。

左から右が、年度ごとに増加してきだ電力供給量と需要量。一番上の黄色い部分が原子力発電。黒の部分が水力。灰色が火力。真ん中の点線が必要とされる電力需要量だ。このグラフの通り、日本の電力は、原発の分だけいつも余ってるだよ。それが証拠に、福島原発の事故のあど、二〇一二年の春がら二〇一五年の秋まで三年三ヶ月、短期間の例外は別として、全原発が止まったままで、何の不自

資料19

電力需要

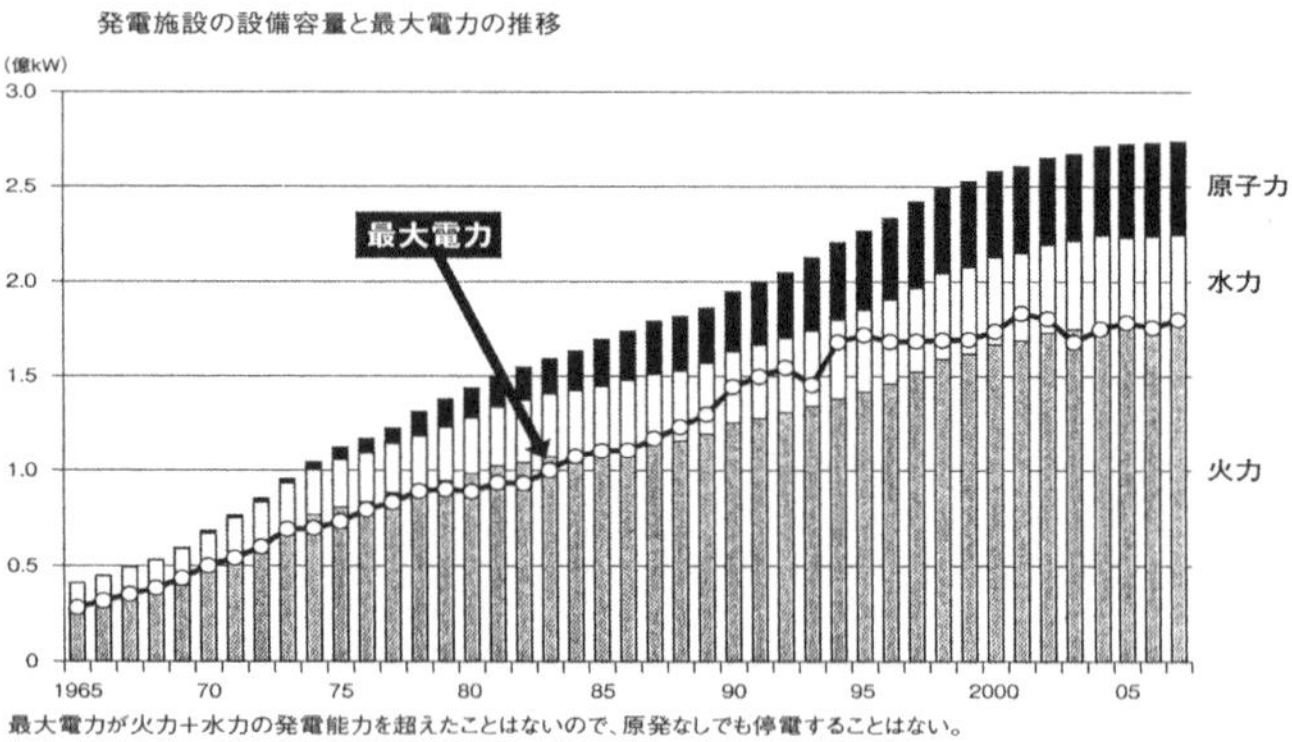

最大電力が火力＋水力の発電能力を超えたことはないので、原発なしでも停電することはない。
出典：『エネルギー・経済統計要覧』（1994年版〜2009年版）　グラフ作成／藤田祐幸

由もねかったでねえの。計画停電なんて脅がしまでやって見せたが、今じゃ猿芝居だったごどがバレちまった。

第二の大嘘は、電気料金だ。

原発の方が、電気料金が安いなんて抜がしやがる。なしてこんな見え透いた嘘をつくんだべな。原発の開発、建設、維持、管理にも、あるいは立地自治体へのバラ撒きにも、びっくらするほど大金がかかる。

そろそろ始めねばなんねえ五四基の廃炉作業は、半世紀以上の時間が必要だし、費用も何十兆円じゃすまねえべ。

核廃棄物の処理代も、ただごどでねえ。これは電気代ではねくて、税金つう名目でかがってくる。このままだど、国の財政破綻も、原発が引き金になっかも知んねえぞ！　それより何より、これはどっちが安い高いの問題じゃねえべ。命の話じゃねえのか。

嘘八百だからあと七九八の嘘が残ってっけど、疲れっからハショルべえ。それにしても、こんだけ理屈に合わねえ、こんだけ危険いっぱいのポンゴヅ原発を、事故起こした責任も取らねえで、なんで再稼働させせんのけ。

オレはな、この問題の答えは一つだと思ってんだわ。つまり、これは、狂信的なカルト宗教みてえなもんだ。宗教の名は、〈オウム原発真理教〉つうんだ。オレ本気で言ってるんだど。


たいてえの宗教にはな、表教義と裏教義がある。この場合、表教義は〈核燃料サイクル〉だ。

〈核燃料サイクル〉つうのは、このカルト宗教の中心どなるお経だ。

まず、日本には石油や天然ガスなどの

資料 20

核燃料サイクル

—原発真理教の経典—

エネルギー資源がねえ。だがら、原発を主力エネルギーどして使いてえ。だげんとも、原料となるウランは、外国がら高値で買わねばなんねえ。そごで、一度使ったウランを利用して、永遠に発電を続げられるつう魔法の原子炉計画に飛びついだ。

それが高速増殖炉という奴で、そのシンボルが福井にある〈もんじゅ〉だった。

普通の軽水炉型原発でウランを燃やすど、核燃料廃棄物が出っぺ。核燃料廃棄物の再処理つうのは、廃棄物をプルトニウムとウランと高レベル放射性廃棄物、つまり三種類の毒物に分離するごどだ。

資料21

高速増殖炉
もんじゅ

—日本列島壊滅作戦—

さで、高速増殖炉つぅのは、再処理で分離したプルトニウムだけを燃料として使う。そん時にちょこっとした操作を加えると、さらに新しいプルトニウムが生まれ出るつぅ手品みでえな話だ。米を一升炊いだら、二升分できちまう。理屈はともかく、実際には技術的に困難だし、経済性もねえ。何より危険度が異常に高けえ。ロシア以外、どの国もさっさと見切りをつけ、手を引いちまった代物だ。

一九九五年、もんじゅでナトリウム漏出《ろうしゅつ》つぅ大事故が起き、それを隠すため、偽ビデオを作って大スキャンダルになったべよ。それ以来二〇年間、ずっと運転停止のまんまだよ。最近では、一万カ所以上の機械点検をサボッてたのがバレた。組織そのものが腐敗してるつうごどで、経営主体の日本原子力研究開発機構は解散しろつう声が強い。もんじゅもついに、廃炉が決まった。仏さまの名前なんかつけっから、罰が当たったんだべ。これが本当のおだぶつってんだ。このもんじゅ、何もしねえで維持費が一日五五〇〇万円、一年で二〇〇億円かかってたんだど。天下りと不良従業員を食わせるため、合計一兆円以上の税金を突っ込んできたんだど。国はそんでも新型核燃料サイクルを開発すると言ってる。てめえら、その前に金返せ！

再処理工場の話もしねえどなんねえな。使用済み核燃料は長え間、外国の再処理工場に送って分離させ、又船で送り返してもらってきた。費用が高ぐつくうえ、行き帰りの航路が危険だ。船をゲリラに乗っ取られだら、大変なごとになっちまうがんな。

そんで、プルトニウムを自前で抽出するため、何とか日本にも大規模な再処理工場をど始まったのが、青森県六ヶ所村の再処理工場建設だわ。んだけんと、これも問題だらけで一歩も先に進まねえ。建設予算がすでに予定の四倍、三兆円を

資料22

六ヶ所村再処理工場

ポンコツ・ガラクタ・故障のデパート

超えちまった。初めからトラブル続きで、運転開始がもうはあ二〇回以上延期されてきだ。日本のプルトニウムは、海外にある分まで含めると、すでに四八トンも溜まっちまった。原爆六千発分だぞ。〈もんじゅ〉が動かねえからプルトニウムは増える一方だ。放っておいたら、青森県自体が、地球を吹き飛ばす。巨大原子爆弾になっちまうがらな。

批判を交わすために、プルトニウムとウランを加工して、ＭＯＸ燃料つうのを作り、プルサーマルなんておかしな名前つけて、そごらの原子炉で燃やし始めた。少しはプルトニウムを減らせるって勘定だけんと、金がかかりすぎて採算が取れねえ。

そんなこんなで、オウム原発真理教の〈核燃料サイクル〉つう表教義は、事実上破綻しぢまったごとはわがっだべ。

今度は裏教義の番だ。裏教義は、〈ぼっだぐり〉。こっちはずっと分がり易い。原発は打ち出の小槌《こづち》だど信じて、必死にしがみついてる強欲集団がカルト宗教の中核に居座ってる。

世間では、〈原子力ムラ〉とか呼ばれてんだが、どうしてどうして、実体は〈ムラ〉なんつうちっぽけなもんじゃねえ。「エネルギーを制する者が世界を制する」つうべよ。言ってみりゃ、日本の裏権力の砦《とりで》みてえなもんだ。ジャーナリストの世界では、〈原発マフィア〉とも呼ばれでんだわ。

　で、このカルト宗教団体は、六種類の信者グループの結束で支えられている。いわゆる〈六角マフィア〉だ。金のためなら、どんな不正でもやらかす強欲集団だ。オレはよ、最初のころ、「共謀罪」つうのは、こいつらのために作るだべが

資料23

原子力ムラ

—税金泥棒の里—

と勘違いしたほどだよ。

第一マフィアは、汚染政治家の群れ。つまり、国や地方の原発推進派議員だちのことだ。電力業界の献金や票を目当てに、推進派議員はどんどん増えだ。

ま、個人名はさておぎ、推進派議員たちが犯した最大の過ちは、原発を止められねえよう、がんじがらめの法律を作ったことだ。

原発に関する重要な法律は三つある。電気事業法、電源三法、原子力災害賠償法てな。原発立地の自治体に金をばらまく電源三法は、前にも話した通りだ。ん

資料24
六角マフィア
—金のためなら死んでもいい—

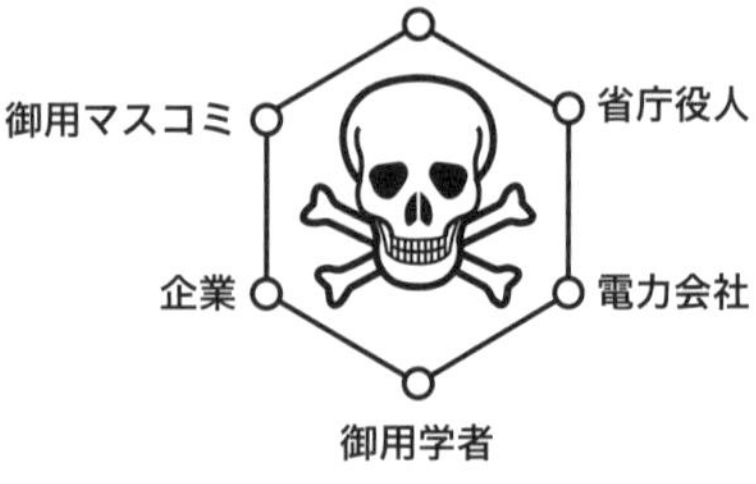

だら、〈電気事業法〉について説明すっぺか。

　この法律によって、大手十社の電力企業が、国土を十に分割し、それぞれの地域の発送売電を独占できるようになった。発電、送電、売電すべてでだ。商売上、競争相手がいねえんだがら、これほど楽な商売はねえ。独占だから、電気代も好き放題取れる。とにがくよ、予算の組み方が凄い。

　〈総括原価〉つう会計方式を採用してる。どうやっかつうど、まず営業費、建設費、減価償却費、給料、税金、なんだ

資料25

電気事業法
—ウハウハ独占企業—

かんだど、すべての経費を合計して電気料金の基本を作る。そんだけじゃねえ。必要経費に一定の%を掛け、利益分として上乗せする。

何の努力もしねえで、最初から利益を出しっちまう。人、バカにしてねえか。

事故が起きても、電力会社は知らん顔だ。

福島の事故が起きた直後、東電幹部が上から目線で口走った言葉覚えてっけ？「事故処理費用は、国民が払う義務がある」とぬがしやがった。

根拠は〈原子力損害賠償法〉。略して

資料26

総括原価

—利益も電気料金に組み入れ—

原賠法つうんだが、大事故に関する保険のシステムがあるんだわ。早い話が、電力会社は事故が起ぎだら、一二〇〇億円だけ払えばよし。あとは、国の機構が立て替える。んだけんと、今回ばかりはこの法律は何の役にも立たねえ。責任者があいまいなまま、賠償金を一一兆円と見積もり、国と電力業界は半分ずつ出すらしい。んでも、その金、どうやって工面すんだ?

なんと、国は税金で、電力会社は電気料金の値上げで払うんだど。何のことはねえ。やっぱし、全額一般市民の負担でねえのけ。ここまで優遇されれば、電力

資料27

原子力損害賠償法

—事故が起きたら国民が払え—

業界がつけ上がるのは当たりめえだっぺよ。

第二マフィアは、省庁の原発役人どもだ。メインは経済産業省で、原発産業全体の政策を担っている。その傘下の資源エネルギー庁が、原発推進のエンジンの役を果だしてるんだ。

はっきり言うげんと、役人が原発に執着するのは、天下りのためだ。たとえば、東京電力の副社長の椅子は、長い間、経産省の事務次官の常席だった。省庁の局長級なら、十大電力の重役クラスに天下る。原発関連の企業への天下り先なら、中央と地方合わせりゃ何百になっかも知んねえ。役人にとっちゃ、原発業界は、最大の天下り天国つうわげだ。見でみろ、この表。経産省だけで、十大電力会社にこんなに天下ってる。

米国政府に洗脳された政治家が原発を持ぢ込み、官僚が法案と政策を作った。そしてそれを実現したのが、第三マフィアの電力会社だ。

電力事業の方針を決めるのは、〈電力事業連合会〉、通称〈電事連〉つう団体だ。十大電力などの代表で作る、裏の内閣みでえなもんだ。

安全神話を護るため、各界の推進派リーダーに金を配ったり、サクラを使ってやらせ説明会を開いたり、汚ねえ手口で反対派を弾圧したり、自然エネルギーの発展を妨害したり、四六時中悪さをしている。事故関連で、連中の発表する数字は、ほどんと眉ツバもんだ。いつまで経っても、裏工作と隠蔽体質は、ちっとも変わんねえ。

資料28

電力会社へ天下り

—経済産業省の場合—

環境省大臣官房審議官	北海道電力
工業技術院総務部長	
自然エネルギー庁石炭部長	
特許庁総務部長	
商工次官	
中小企業庁次長	東北電力
東北通商産業局長	
自然エネルギー庁長官官房審議官	
名古屋通商産業局長	
鉱山石炭局長	
東北地方商工局長	
商工次官	
資源エネルギー庁長官	東京電力
基礎産業局長	
経済企画審議官	
通商産業審議官	
通商産業事務次官	
国土庁長官官房審議官	北陸電力
中国通商産業局長	
四国通商産業局長	
公益事業局技術長	
科学技術庁振興局長	
商工技監	
防衛省防衛参事官	中部電力
生活産業局長	
国際科学技術博覧会協会事務次長	
公益事業局長	
経済審議庁審議官	

大臣官房商務流通審議官	関西電力
中小企業庁長官 A	
中小企業庁長官 B	
大阪工業技術試験所長	
自然エネルギー庁長官	
公益事業局長	
通商産業事務次官	
公益事業局公益事業課長	
自然エネルギー庁長官官房審議官	中国電力
広島通商産業局長	
科学技術庁長官官房長	
原子力安全・保安員首席統括安全審議官	四国電力
工業技術院総務部技術審議官	
国土庁長官官房審議官	
科学技術庁振興局長	
通商政策局通商交渉官	九州電力
大臣官房審議官 A	
大臣官房審議官 B	
特許庁長官	
公益事業部ガス保安課長	
公益事業局長	
経済企画事務次官	
中小企業事業団機械保険部長	沖縄電力
中部通商産業局公益事業北陸支局長	
工業技術院総務部技術審議官	
自然エネルギー庁原子力産業立地企画官	

さて、第四マフィアだけんと、これは御用学者たちの群だ。IAEAとつながっている放影研の医者たちの話はさっきやったけんと、今度は、政府、省庁、電力業界べったりで生息している白蟻《しろあり》だぢの物語さ。この白蟻だぢは、東京大学工学部系大学院、東京工業大学原子炉工学研究所、京都大学原子炉実験所あだりを本拠地にして、原子力学会の主流を形成してるんだわ。

原発ヨイショをする見返りに、特権的地位や研究費、賄賂なんかがたっぷり転がり込む。

この学会では、原発の安全性に疑問を

資料29

御用学者の巣

東京大学工学系大学院

東京工業大学原子炉工学研究所

京都大学原子炉実験所

表明したりすっと、一生ヒラ研究員のままで、教授に昇格する道は閉ざされる。そんな待遇にもめげず、京都大学の今中哲二、小出裕章といった勇気ある研究者だちは、安全神話のインチキを批判し続けてきた。彼らがいだからこそ、事故後にテレビに出演し、でたらめ三昧の言い訳を並べた白蟻の群、あの御用学者たちの正体がバレだんだと思うよ。

第五マフィア。イタリアじゃあるめえし、もういい加減イヤになってきたわ。日本つう国は、どごもかしごもマフィアに占領されちまったんだべか。

ある意味ではその通りがも知んねえ。原発は普通の企業にとっても、大事な取引相手なんだわ。東電は、事故以前の大株主は、ダントツの日本生命をはじめどする保険会社、それがら大小の銀行群。金融にかがわる企業や組織が、株のほどんどを保有しでだ。原発企業の利益は法律で保証されでるし、配当も高え。危ねえ時は、国がバックアップしてくれっからな。今までは、こんなにリスクの少ねえ株はどごにもねがったんだ。

製造業や建築業にとっても、原発企業はありがてぇお客様だっぺ。事業用の車を買い上げるのも、建物を作るのも、一般市場より格段に高く払ってくれる。電力会社は、予算が膨れるほど利益が増える仕組みだから、気前よく札ビラを切ってくれるってわけだべさ。こうして、大方の企業が日本原子力産業協会のメンバーに入る。

最後の第六マフィアは、原発ヨイショのマスコミだ。新聞の七〇%、テレビやラジオ番組のほとんどが政府や広告スポンサーの意向を忖度《そんたく》して、原発批判の言論を控える。別に信念があってのことじゃねえ。ただ、ただ、金のため、広告料のため、出世のためだから分かりやすい。

電事連は、原発の安全神話を徹底させるために、年間一千億円の広告費を使ったこともあんだと。トヨタの五〇〇億円を突き放して断トツだ。マスコミが、神サマ仏サマ、原発サマになる第一の理由だわ。

ところでよう、この六角マフィアの皆さんに答えでもらいてえことがある。日本海の原発銀座に、どっからが、ミサイル一発ブチ込まれたら、どうするつもりなんだべ。その一瞬で、日本は終わりだべよ。J・アラートだ？　避難訓練だ？　地下鉄止めろだ？　バカ言ってんでねえよ。後の祭りでねえか。

そんでもよ、原発立地に住んでっから、再稼働しねえと飯が食えねえと言い張る人がまだいる。んだら、聞くがね、あんたさえ飯が食えれば、周囲の人間や子孫がどんな目に遭ってもいいのげ？　福島県だけで、事故後の五年間、八五人の人が、自殺してんだど。放射能を浴びた子どもだちは、将来結婚できねえのか、赤ん坊産めねえのかって、不安な毎日を送ってんだぞ。被曝者や避難民に対する侮辱《ぶじょく》や差別もひでえもんだ。どうなんだ？　いつまでも原発なんかにぶら下がってねえで、他人に迷惑をかけず、まともな仕事で自分の飯ぐらいちゃんと食っていげよ。ほんでねえと、あんた、人間の屑《くず》になっちまうど。

ま、オレもでけえことは言えねえがね。反省だけはしだがら、〈クズ〉よりちょっくら上の〈グズ〉ぐれいにはなったかね。老いぼれ爺になって、大したことはできねえ。んでも、こうやって毎日、あちこちの線量を測ってんのも、公式発表が信じられねえからだ。奴らは、除染した場所にコンクリートを張りめぐらし、えれえ高えところに、線量計測モニターを設置しまくっている。そんなとこ、風が吹き抜けで放射能が溜まるわけねえべよ。このモニター、三千台も購入して、四千回ぶっ壊れたそうじゃねえか。どこのガラクタ買ったんだ。役所の情報は、第二次大戦中の大本営発表と同じで、ペテンばっかしだ。どうやら、国もマスコミも、オリンピックを目くらましに使い、原発事故をなかったことにしようと企んでんじゃねえか。んでも、オレは絶対に騙されねえど。

「長いものには巻かれろ」って諺《ことわざ》があっけんとも、あれは間違いだべよ。一度巻かれたら、どんどん巻かれ、最後には首に巻かれて締め殺される。経験者だからこれが言えるんだわ。

ところでよ、本当言うと、オレはもう何も心配してねえ。世界一の原発企業、フランスのアレバ社は大借金で破産寸前。本業忘れて原発に走った東芝も風前《ふうぜん》の灯《ともしび》。危険で採算の合わねえものが長続きするわけねえべ。

今や自然エネルギーへの国際レベルの総投資額は、原発への投資額の十倍にも膨らんでるだ。世界中が、自然エネルギーやバイオマス、ガス利用の新しい技術転換さ真っしぐらさ。いつまでも原発にしがみつき、高速道路を逆方向へ突進してるボケおやじは、ロシアのプーチンとアホノミクスぐれいのもんだぞ。

あれまあ、長い時間喋っちまった。オレ、そろそろ帰るわ。またどごがで会うべよ。体、気つげでな。

老人、去る。

一幕劇

老人と蛙

登場人物

老人……元原発技師

蛙

舞台　野原

夕暮れ時、リュックを背負った旅姿の老人がやってくる。手にした線量計をあちこちに振ると、ピーピーという金属音が響き渡る。
一匹の蛙が、異常に興奮した様子で飛び込んでくる。

蛙 何だ、何だ、何だっ！

老人 あー、びっくりした。お前こそなんだ？

蛙 オレは蛙だ。見たら分かるだろ！

老人 そりゃ分かるが、何が問題なんじゃ？

蛙 いいから、その音を止めてくれ！

老人、スウィッチを止める。

蛙　最高に不吉な響きだ！　危険の頂点を知らせる音だ！　オレの全テレパシーを掻《か》きむしる！　ア痛！　イテテ（胸を押さえる）コラ爺《じじい》！　ここで何をしてる！

老人　失礼な蛙じゃのう。放射線量を測ってるんじゃよ。

蛙　何だと？

老人　国も自治体もろくに検査しないし、発表する数字も怪しいものばかりじゃ。だから、民間のグループが自分たちで放射能汚染マップを作っている。わしは、ちょっとだけ協力してるんだ。

蛙　爺さん、汚染の程度はどうやって分かるんだ？

老人　たとえば、国は被曝量は年間一ミリシーベルト以内に抑えろと指示していたのに、二〇ミリシーベルトまで引き上げた。シーベルトというのは、人間の細胞を突き抜け、遺伝子を破壊する放射線量の値《あたい》のことじゃよ。

蛙　ヤバイぜ。で、オレたち蛙も被曝するんかね？

老人　うーん、今まで考えたことはなかったが、宮城や福島でも、森に住む鹿や猪《いのしし》から高い線量が出たと言うからな。人間の場合は、六〇〇〇ミリシーベルト以上浴びれば、数日とか数週間しか命はもたん。五〇〇以上でも重病にかかる。もっと低くとも、甲状腺ガンに苦しむ子供が出てくる。すでに鼻血を出す子が現れたそうじゃ。十年を待たずに、大人にもあらゆるタイプのガン症状が現れるじゃろ。

蛙　なんでまた、その放射能が広がっちまったんだよ。

老人　（驚いて）お前、知らんのか。

蛙　何が？

老人　すべては三月一一日の大地震から始まったんじゃ。

蛙　それだったら知らないどこじゃねえよ。土の中で冬眠していたら、いきなり大地が真っ二つ。ぐらぐら揺れるわ、岩が穴ん中に落っこちてくるわで大慌て。地上に飛び出したはいいが、寒いの何のって――。

老人　その後が問題なんじゃ。地震が原因で大津波が押し寄せ、東北、関東の東海岸の町々を丸呑み、一万五千人以上の死者が出た。地震と津波で二重苦だが、すぐに三重苦になった。福島第一原発が大事故を起こしたんじゃ。

蛙　おいおい、それを最初に言ってくれよ！　あのころから、体の調子がどんどん悪くなったんだ。オレの仲間も、半分くらいは死んじまった。クソッ、放射能にやられたんだ！　けどよう、なんであんな頑丈なものが壊れるんだ。

老人　それがな、設計したアメリカ人技師が、欠陥品だから早く止めろと言ったほどのボロだったわけじゃ。

蛙　事故を止めるわけにはゆかなかったんか。

老人　とにもかくにも、原発事故が起きたら、必ず対処すべき三原則があってな。〈止める。冷やす。封じ込める〉。原子炉の機械が壊れたんじゃから、いやでも止まるには止まった。次に、燃料を冷やさなくちゃ大爆発が起きる。ところが、電源装置がぶっ壊れてしまい、給水ポンプが動かない。免震重要棟のコントロールルームでも、機械の操縦ができない。電灯がつかんのだから何も見えない。

蛙　電力会社なのに、手元の灯りもつけられねえ？　悪い冗談みたいだぜ！

老人　そのうち三機の原子炉でメルトダウンが起こり、四号機のプールで火災が発生。一号、三号、四号で水素爆発、二号でも謎の爆発が起こった。四機のうち三機の建《た》屋《て》の屋根と壁が吹っ飛んだ。それでも、残留している燃料を冷やさにゃならん。最初の爆発が起きてから五日目に、自衛隊のヘリにバケツを縛りつけ、水を落とすという猿芝居をやった。世界中の笑いものじゃったよ。

蛙　バカバカしい！　天井から目薬をさすような話じゃねえか。

老人　その後はホースで水をじゃんじゃん入れた。おかげでタービン建屋の地下に汚染水がたまり出し、あふれる汚水は海に流した。

蛙　魚も海藻もたまったもんじゃないぜ。

老人　政府も役人も東電も学者もパニックになるだけ。何が起き、どうしたらよいのかも分からない。データが出てもまず隠す。とにかく、意味もなく隠したがるんじゃ。本当に変な奴らだ。

蛙　川柳ができちまったよ。〈まず隠し、嘘をつきつき様子見る〉。これが連中の三原則じゃないのかねえ。

老人　これまで大手電力会社は、合計三〇〇回以上の事故隠しをやってきた。バレた事故だけでこれだから、バレないケースを数に入れたらキリがない。

蛙　原発周辺の住民は、毎日命がけで生きてるってわけだ。ところで爺さん、爆発が起きてどうなったんだい？

老人　濃淡の差はあれ、大量の放射能が東北六県、関東五県、東京、神奈川、静岡、長野、新潟にまで飛散した。山や森の枝葉が受け皿となって死の灰を溜め込み、東北や関東の山脈は放射能の森となっちまった。雨が降れば地下水に浸透し、田畑や川に流れ込み、最後は海まで汚染する。

蛙　要するに、日本の三分の一の地域に毒が廻るってことだ。

老人　原発と言うのはだな。ウランを燃やして核分裂を起こさせ、もの凄い熱を生み出す。その熱で水を沸騰させ、蒸気でタービンを廻して電気を作る。ま、蒸気機関車と同じ原理と思えばいい。ところが、核分裂を人工的に起こすと、結果として自然界にはなかった放射性物質が生成される。これが生命体の遺伝子を破壊する猛毒でな。今回の爆発でも数十種類放出されたということじゃ。

蛙　ええーッ！　そんなに。

老人　ヨウ素、セシウム、ストロンチウム、イットリウム、トリチウム、プルトニウムなどという奴でな。存在することは分かっているが、簡単に検出する技術さえないものがほとんどじゃ。これらの毒性が弱まる期間を半減期とすると、短いものは数日から、長いものでは何万年というのもある。

蛙　放射能に汚染されたら、その土地には戻れないってわけかい？

老人　まあ、原発のあった場所の三〇キロ圏内は無理じゃろう。チェルノブイリ事故以来二五年になるが、その範囲は今でも立ち入り禁止だ。それに、遠く離れた場所でも、プルームという放射能雲が移動し、死の灰がどっさり降ったところも危ない。

蛙　一体どのくらいの放射能が拡散したんだよ。

老人　チェルノブイリの四〇％と言われている。その半分が海に流れた。それにしても、すさまじい量じゃ。セシウムだけでも、広島に落ちた原爆の一六八倍にものぼる。さらに恐ろしいのはプルトニウムだ。プルトニウムは、一グラムで数万人を致命的なガンに追い込む猛毒じゃ。ところで、ウランを燃やせばプルトニウムが生成される。そのプルトニウムを直接燃やせば、さらに大量のプルトニウムが生成される。燃料がどんどん増えるというので、〈夢の核燃料サイクル〉と呼ばれている。その実験のために作られた高速増殖炉が〈もんじゅ〉だが、故障ばかりで運転の見込みがたたない。維持するだけで、一日五千万円以上の無駄遣いじゃ。さて、心配なのはプルサーマルじゃ。

蛙　なんじゃ、そりゃ？

老人　プルトニウムとウランを混合して、MOX燃料を作り、普通の原子炉で燃やすというのがプルサーマル。当然、通常の原子炉より威力がある。福島県のトップは、被害者面して泣き言を言ってるが、積極的にプルサーマルを導入したのはあいつらじゃよ。事故を起こした四機の中で、三号機がこのプルサーマルじゃ。長崎に落とされた原爆はプルトニウムを使用しているのだが、三号機には二一〇キログラムのプルトニウムが保管されていた。長崎原爆の三五倍分だ。政府も東電も報道もだんまりを決め込んでおるが、三号機は爆発して建屋は吹っ飛んだ。一体全体、プルトニウムはどこへ散ったんじゃ。

蛙　おっかねえ話だ。（胸を押さえて）痛ッ！　気分が悪くなってきたぜ。だけどよう、放射能を何とか片づける方法はねえのかい？

老人　除染という問題じゃな。そりゃ、生活空間なんかはできるだけやった方がいい。

しかし、除染は根本的な解決じゃない。毒を別の場所に移すだけであって、毒が消えるわけじゃない。玄関前に水を流したところで汚染した水はどこかに溜《た》まる。校庭の土を掘り返したって、その土はどこかへ保管せざるを得ない。東北の海岸に積み上げられた二八〇〇万トンの放射能瓦礫《がれき》、あれをどの自治体へ持って行くかで大もめじゃ。基準以下の線量だとしても、各地に運んで燃やせば、フィルターを突き抜けて放射能は飛散する。一ヶ所にまとめるべきか、各地で分けるか、答えなんか出るはずもない。福島県は土地の七分の一を掘り返すと言うが、本当にそんなことが可能なのか。どこからそんな費用が出る？　それに、あとの七分の六の土地はどうする？

蛙　気が遠くなるよ。絶望的じゃないか。

老人　その通り、原発は絶望という名の電車なんじゃ。近代は、科学技術万能主義で暴走してきた。しかし、技術には掟《おきて》というものがある筈じゃ。それは、その技術が、結果に対して責任がとれるということ。つまりコントロールができ、後始末ができるという条件が不可決じゃ。事故が起きたらお手上げで、人がどんどん死んでゆくなんてものは技術とは呼べない。それは犯罪だ。蛙君よ、よくきいてくれ。

蛙　何だよ、改まって。

老人　事故の始末だけが大変なんじゃない。原発は事故がなくとも、毎日犯罪を犯しているんじゃよ。

蛙　と言うと？

老人　原発を運転すると、大量の放射性廃棄物が出る。この放射能の固まりをどう処理するか。どこへ保管するか。世界中が、すでに三〇万トンもの危険物を抱え込み、未だ解決法を見出せないでいる。除染問題と全く同じことなんじゃ。原発がトイレなきマンションと呼ばれておるのを知っとるか？

蛙　変なこと言うじゃねえか。

老人　喰えばどんどん糞が出る。だが、マンションにはトイレがない。部屋の中には糞が溜まり、生活は糞まみれってわけだ。

蛙　汚ねえなあー。

老人　糞にまみれても死なないが、放射能は命を奪う。このままじゃ、人類は核戦争か原発の廃棄物で滅びてしまうじゃろう。

蛙　冗談じゃねえや。人類ばっかりじゃねえよ。オレたち蛙や、他の生物、植物だって絶滅しちまうじゃねえか。人間ていうのは何てことするんだ。開発だ、公共事業だと森や山をぶっ壊す。大量のごみを燃やして、辺り一帯ダイオキシンをバラ撒く。オレたちが住んでいる田んぼや沼には、農薬と呼ぶ毒薬をたっぷり振りかけ、水生生物皆殺しだ。その上ごていねいに、放射能で総仕上げかよ。とんでもねえ暴挙じゃねえか。爺さん、生物多様性って知ってるかい？

老人　まあ、言葉だけはな。そんな名の国際会議があったな。

蛙　人間は今ごろ会議なんかやってるが、オレたちは太古の昔から、地球生物会議をやってるんだ。

老人　本当かね！

蛙　あんたらはコンピューターなしじゃ何もできねえが、オレたちはテレパシーのネットワークを使ってる。はっきり言って、生物界の評価ではな、人間が一番バカだということになってるんだよ。

老人　なるほど、そりゃ一理あるかも知れん。
蛙　感心してる場合じゃねえだろうが。この地球上には、微生物や菌を含め三千万種の生きものがいる。そのうち、人間が認識してるのは一七五万種にすぎない。ところが、今やその三〇%が、絶滅したか、絶滅危惧種になっている。毎年四万種ずつ消えてるんだ。それもこれも、人間がやらかした乱暴狼藉《ろうぜき》のせいだ。人間は自分が生態系の一部で、他の生物のおかげで生きながらえてるって事実を忘れてんだ。
老人　どうも、すみません。
蛙　いや、あんたに謝られてもしょうがねえけどよ。ところで爺さん、正直のところ、今後はどうなるんだい？
老人　どうにもならん。地震大国に原発を作るなんて、狂気の沙汰だったんだ。もうとり返しがつかん。
蛙　そう言っちまえばお終《しま》いだろうが。たとえばよ、子供らの健康問題なんか放ってはおけねえだろ。
老人　ただちに健康に影響はない……。

蛙　（怒って）そりゃ政府の答弁じゃねえか！　ただちに影響はないってのは、行く行くはひどいことになるってことだろ？

老人　その通りじゃ。当局は一切何も言わないが、理由の一つは、将来の賠償が恐いからだ。財政赤字は疾《と》うにピークを超えているしのう。ガンが大量に発生して訴訟されても、裁判じゃ〈因果関係はない〉と主張するしかない。

蛙　徹底してやがるな。でも、外国の専門家なんかはいろいろ言ってるんじゃないの。

老人　被曝には二種類あってな。外部被曝と内部被曝だ。外部被曝は外側から放射線を浴びるから、原発周辺ほど危険度が高い。内部被曝は、呼吸、水や食物から受けるので、被害の範囲が広くなる。内部被曝を重視する〈放射線リスク・ヨーロッパ委員会〉の学者は、この十年間で福島原発二〇〇キロ以内から、約二〇〇万人のガン患者が出ると予測しておる。データを見ても、チェルノブイリのあるウクライナでは、平均寿命がどんどん下がっておる。障害を持って生まれてくる子供も増えた。日本だけ例外というわけにはゆかんだろう。それに、わしらは覚悟しなくちゃならんことがある。

蛙　どういうことだい？

老人　汚染した空気を吸っちまったのは手のうちようもないが、すぐにでも対策を取るべきだったのは、食品の検査だった。四ヶ月後の七月になってから、汚染ワラを喰って被曝した肉牛の存在が分かったが後の祭りじゃ。それまでに何百頭分もの牛肉が市場に出て、わしらはすでに喰っちまってる。牛肉に限ったことじゃない。米も野菜も魚介類も、検査したのはほんの数点で、それも毎日やるわけじゃない。第一、自治体に検査機器がない。予算がないだの、手続きがどうだのと、危機管理の意識や能力がまるでない。茨城県庁のある水戸市で、九月になってやっと検査機器を一台買ったと新聞に出ていた。多くの人口を抱え、機械一台でキャベツ何個分検査できるんだ。こうしてわしらは、もう何ヶ月も内部被曝を受けているし、これからも受けることになる。ベクレルというのは、その物体が発生させている放射能のエネルギー量を表す単位だ。国の食品安全委員会は一キログラムあたり五〇〇ベクレル以下の食物なら安全だと基準値を出した。しかしだな、実際には何の根拠もありゃしない。五〇〇以上は危険で、四八〇は安全だとどうやって証明するんだね？

蛙　オレに聞かれたって、答えられねえよ。

老人　ま、そりゃそうだ。とにかく、食品にはすべて生産地と、たとえ基準値以下でも、放射能の数字を表示するのが道義というもんじゃ。あとは、消費者が覚悟して判断する。それ以外に風評被害を避ける道なんかないと思うがのう。

蛙　けどよう、こんな目に合わなきゃならんのに、なぜ原発なんだよ。やっぱ世間で言うように、原発がなきゃ電力不足になるからかね。

老人　そりゃや、真っ赤な大嘘だ！

蛙　エーッ！

老人　大嘘、デマ、デタラメのコンコンチキ。巨大宣伝費を使った国家的詐欺みたいなもんだ。

蛙　何だ、何だよ、そりゃ！

老人　原発なんか使わなくとも、日本の電力はあり余っているんじゃ。その証拠に、二〇〇三年の例がある。東京電力のデータ改竄《かいざん》がバレて、福島、柏崎にある全原発一七基が運転を停めた。夏場でさえ、節電した人は誰もおらんかったよ。

蛙　でもさ、電力の三〇％は原発が担っているって宣伝してるよな。庭先から農家のテレビを覗いて知ってるんだ。

老人　そりゃ、火力発電所や水力発電所を休ませ、原発を主力に発電しているからだ。東電管轄の電力のピーク需要というのは、夏場でも五五〇〇万kWくらいのものだ。このくらいなら、休眠中の火力、水力を復活させ、揚水発電と企業の自家発電を使えば、七三〇〇万kWは出る。原発なんか全く必要ない。

蛙　でも、火力じゃCO_2が出るって言う奴がいる。

老人　原発だってCO_2を出しとる。それよりも、たかが電気のために命を落としたり、土地や海を失うなんて、あまりにもバカげてるじゃないか！　しかも、原発の立地や、建設、運営、廃炉では、何兆円もの金がかかり、今回みたいな大事故が起こりゃ、近い将来国家破算になりかねない。原発推進派は、部分的なところだけ切り出して、発電コストは安いと抜かしおるが、本当はとんでもない大金喰いなんじゃ。

蛙　なんで自然エネルギーを使わんのかねえ。

老人　ドイツやスペインをはじめ多くの国々が、自然エネルギーを政策の主力に挙げている。日本でも、ＮＥＤＯ、すなわち新エネルギー・産業技術総合開発機構は、自然エネルギー技術はすでに完成しており、急げば、十年以内に電力の三〇％から五〇％を賄《まかな》うことが可能だとな。しかし、国はこれまで、自然エネルギーを抑え込むために規制をかけてきた。風力発電に至っては、一％に封じ込めている。それもこれも原発を推進するためじゃ。

蛙　今まであんたの話を聞いたかぎりじゃ、原発にいいことは一つもない。金はかかるし、危ねえし。何でこんなバカな真似をやってきたんだい。

老人　（厳かに）強欲と道徳的退廃――。

蛙　はあー？（老人の顔をしげしげと覗き込んで）爺さんよ。さっきからずーっと疑問に思っていたんだが、あんた、原発問題にめっちゃ詳しいじゃん。何をやってた人なんだい？

老人　罪人じゃよ。

蛙　ええーっ！

老人　少なくとも、罪に加担したのは確かじゃ。

蛙　ま、ま、そんな極端なこと言わないでさ。

老人　わしは長い間、プラント会社の配管専門の技師じゃった。五八才の時、会社が倒産してな。誘われて、東京電力の下請け会社に入った。そこから、福島第一原発に出向したんじゃ。

蛙　道理で詳しいと思ったよ。専門家じゃねえか。

老人　いやいや、そうじゃない。初めは原発のことは何も知らなかった。知らなくとも、担当の配管の部分だけを、きちんと管理しておけばよいと思っとった。しかし、しばらくして、妙なことに気がついた。設計図面と照合してみると、現実とは違う部分がいくつもあったんじゃ。しかも、そうしたスポットに限って接続が杜撰《ずさん》だった。上に報告すると、その問題には触れるなと言われた。経済産業省外局の原子力安全・保安院が、定期的な検査にやってきた。だがな、こちらがあらかじめ赤いテープをはっておいた箇所を覗いて終わり。夜の接待だけを楽しみにしている様子じゃった。あの連中はただの役人で、専門的な知識はほとんどない。事故が起きた後の記者会見で、まともな答弁ができなかったのも当たりまえじゃ。いずれ本庁に戻るか、同じ外局の資源エネルギー庁に移る。資源エネルギー庁は、原発政策を推進する機関だ。同じ省庁に、推進側と検閲側が同居し、人材が行ったり来たりしておる。

蛙 警官と泥棒が同じ会社に勤めてる、みたいなもんか。

老人 ハハハ、そこまで言うかね。ま、組織的には矛盾だらけじゃ。さて、身の上話の続きじゃが、下請けから出向して三年目のことだった。重要な部分が壊れ、新品ができるまで二ヶ月かかることが分かった。一週間後には検査官が来る予定だ。すると上司は、急いで見せかけだけの模造品を作れと命じた。わしは抵抗したが、結局押しきられた。偽者《にせもの》で検査をすり抜けたが、わしは激しい自己嫌悪に陥った。技術者として、最低の行動を取っちまったんだからな。そのうち、不吉な予感に襲われた。ひょっとすると、この部分の故障は大事故に発展しかねない。設計図を見ながら理論書を読んでみると、ますますその疑いが強まった。模造品どころか、すぐに原発の運転を止めるべき事態じゃないかと思った。どこへ訴えようか？　経済産業省は駄目だ。東電の副社長ポストは、事務次官の天下り先だからな。わしは、内閣府直属の原子力安全委員会に手紙を書いた。原子力学界や専門業界の重鎮五人で作る委員会でな、安全審査の最上位機関だ。ところが、ウンともスンとも返答がない。十日後、わしは所属している下請け会社に呼び出された。事務室へ行くと、いきなりクビの宣告だ。理由を聞いても答えない。部屋を出る時、一言だけ言われた。「余計なことをしてくれたな」って。後で分かったことだが、わしの手紙は安全委員会から経産省の安全・保安院へ行き、そこから東電、そして下請け会社に廻ったんじゃ。

蛙　そりゃ、グルってことじゃないの。

老人　その通りじゃ。今では、〈原発村〉と呼ばれている利権集団の構図が明らかになったが、当時のわしは業界について大した知識もなかった。

蛙　何でそんな村ができたんかねえ？

老人　これは歴史を遡《さかのぼ》らんと分からん。一九五三年に、ハーバード大学に四ヶ月滞在して米国諜報機関の指導を受けた中曽根康弘は、翌年、何の用意もなかった学界や産業界を出し抜いて、いきなり原発研究予算を国会に通した。この額が毎年上がったので、商社や産業界に火がついた。ところで、最初の原発予算が国会に提出されたのは、一九五四年の三月三日。その直前の三月一日、米国のビキニ環礁核実験で、日本のマグロ漁船〈第五福竜丸〉が被曝し、後に乗組員に死傷者が出たんじゃ。これを機に、被曝国日本の反核運動は、反体制、反米運動にまで拡大していった。こうした傾向をことさら憂慮していた一人の男がおってな。警視庁の公安出身、戦犯のキャリアもあった読売新聞社主・正力松太郎だ。彼は米国国務省の人間と謀《はか》って、〈原子力平和利用キャンペーン〉を大々的にぶち上げた。日本の反核運動は、これによってまんまと骨抜きになり、知識人も報道もそちら側へ引きずられるようになった。正力はその後国会議員となり、初代原子力委員会委員長や科学技術庁長官を務めた。日本の原発推進の先頭を走ったのは、中曽根と正力だが、二人の背後には、なぜか米国の影がちらついとるんじゃ。

蛙　爆発した福島原発も米国製だしね。で、その後はどうなった?

老人　原発産業は拡大する一方で、今や一兆五〇〇〇億円市場だ。この金に群がる六角形の原発村ができ上がった。

蛙　何じゃいね、その六角形ってのは?

老人　頂点には経済産業省や研究機関を率いる文部科学省などの官僚機構、そしてもちろん中心が電力会社、そのお恵みをもらう産業界とマスコミ、原発推進派の学者や政治家たちじゃ。

蛙　(指で描いて) なるほど、六角形になるねえ。

老人　近代産業社会では、エネルギー、電力を支配するものが最高権力を持つ。企業群の頂点には、電力会社が立っているんじゃ。その目玉の原発は国策事業となって法律で護られておる。〈脱原発〉の世論がどんなに強くとも、法律が変わらんことには何も状況は変わらん。日本は法治国家だから、法に従ってものごとが動くからの。

蛙　どんな法律のことを言ってるんだい?

老人　たとえば、〈電気事業法〉だ。ここでは、日本列島を十地区に分け、それぞれの地区に一社ずつ独占的な電力会社が割りあてられている。発電、送電、配電も一括だから、住民には選択の余地がない。予算は自由自在、ありったけの経費が網羅されている。経費はすべて電気料金で賄うのだから、よほどのことがないかぎり、赤字になることはない。もちろん、官庁からの天下りポストの高給も、接待費も含まれる。分からんのは、日本の電力業界全体で、二千億円の広告費が計上されていることだ。本来、独占で競争がないのだから、広告などする必要がないはずじゃ。実はな、この広告費のほとんどが、〈原発は安全〉という宣伝に使われてるんじゃ。テレビの主要番組を買いきり、新聞、雑誌に安全キャンペーンの広告を出す。マスコミにとっては最大のスポンサーだから、原発批判はできなくなる。批判的な学者や文化人たちをメディアから追放する。徹底した弾圧をやる。

蛙　ひでえことするじゃねえか。金の力で言論の自由を封じ込めようってわけだ。

老人　予算に関しては、担当大臣が認めれば、必要経費は全部パスする。それに、もっとびっくりすることがある。資産に特定のパーセンテージを掛けた額を、利益として計上できる。努力も競争もなしで前もって利益が確保できる。これほど楽な商売はない。電力会社の給料がバカ高いのも、こういう仕掛けがあるからじゃ。

蛙　大予算でモノをバカバカ買うわけだから、他の産業界にとってもお得意さまだ。

老人　建設、廃炉、燃料、その他二百種類の部品や機器など発注項目はキリがない。原発産業に関連する法人や企業は三百以上あり、経産省や文科省の天下りの宝庫のようにもなっておる。

蛙　現代の極楽浄土ってわけか。

老人　電気料金ばかりでなく、金は国からも出る。典型は〈電源三法〉じゃ。原発を引き受ける県や市町村に配る交付金などを規定している。最初は反対していた住民も、最後は金に転ぶケースが多い。青森県の大間《おおま》に新しく原発を建設中だが、周辺の町の平均年収は一人あたり三五〇万円。ところが、大間では、一三〇〇万円にはね上がったということじゃ。だがな、交付金目当てで財政や生活を維持できるのも最初の十年くらいじゃ。福島原発の双葉町みたいに、財政状態が悪化して最後は早期健全化団体になっちまったところもあるでのう。

蛙　他力本願だけじゃ、精神的にも堕落する。

老人　いいこと言うねえ。蛙の方が上かな。

蛙　当たりまえだよ。オレたちは自然と共生しながら、自立して生きてんだ。

老人　もう一つ問題の法律がある。〈原賠法〉、つまり〈原子力損害賠償法〉と言ってな、原発事故が起きた時の賠償に関するもんじゃ。

蛙　だけどよう、弁償するにしてもケタが大きすぎるだろう。

老人　そのために電力会社が入るべき保険が二種類ある。一つは、複数の保険会社が共同で作った〈日本原子力保険プール〉で、普通の原発事故に対応する。もう一つは、政府との間で行う〈原子力損害賠償補償契約〉で、地震や津波など天変地異が原因の事故が対象だ。ところがだ。両方とも最高支払い限度額が、一二〇〇億円となっておる。

蛙　何だと！　それっぽっちじゃ、海岸の瓦礫《がれき》も片付けられねえぞ。

老人　そうなんじゃや。だから足りない分は、公的資金として国が貸しつけることになる。

蛙　ちょっと待った。さっきから聞いていると、どうにも納得できねえことばかしだ。つまり、電力会社は独占企業で、電気料金を使いたい放題。原発立地受け入れ市町村には、税金から交付金をたっぷりばらまく。事故が起きても保険金が足りない。そこでまたまた、税金から公的資金を投入する。一兆五〇〇〇億円市場とか、事故の弁償とか言っても、その金は全部電気料金と税金じゃねえか。原発村の極楽浄土を維持するために、国民が費用全額を支払っている。それで事故が起きりゃ、地獄に落ちるのもツケを払うのも国民ってわけだ。これで誰も怒らないのか？　日本人てのは低能でフヌケなのか！　爺さん、あんたよく平気でオレに解説なんかやってられるよな。

老人　お前が聞くから答えただけじゃないか。そりゃ、わしだって怒っとるよ。怒っとるがどうしたらよいか分からんのじゃ。仕事をクビになってから、わしは飯舘《いいたて》村の近くで、以前から興味のあった有機農業を始めた。早い時期に女房を亡くしたから、ずっと一人暮らしで、何をしようと自由じゃった。十年くらいやって何とか農業を覚えたら、この事故だ。文科省は放射能の流れを予測するＳＰＥＥＤＩ《スピーディ》というコンピューター・ソフトで、飯舘村付近の数値を当初から摑《つか》んでいた。命にかかわるような高い線量だった。文科省はその事実を、十日間以上も隠していた。原発から四十キロ離れているから大丈夫だろうと、そこには大勢の家族が避難していた。おかげで、村人も避難家族も強烈な放射能にさらされた。わしらの農場も全滅だ。有機農業をやってた仲間の一人が、絶望の果て、柿の木で首を吊って命を絶った。わしは自分にも責任があると思った。原発のために三年間も奉仕したんじゃからな。これからじゃ、本当の地獄が始まるのは。わしはどうなってもいいが、罪のない多くの人々や子供たちが、道徳の欠落した強欲な集団の犠牲になって、とてつもない苦しみと悲しみに巻き込まれるかと思うと、残念で無念で、胸苦《むなぐる》しくて……。

蛙　分かったよ。悪いのはその六角型の奴らだ。まだ話してないのは、どれだっけ？

老人　学者と政治家か。

蛙　あいつらかあ！

老人　原子力学会は、陰険で閉鎖的な村を作っとる。東京大学大学院の工学科系が中心で、各地の大学に分散している原発推進派の学者たちをまとめている。このグループに入れば、電力業界からいろいろな恩恵を受けられる。ほれ、テレビに出て、「安全だ、安全だ」と言ってるあの学者たちだ。

蛙　（合掌。お経読みで）安全だァ、安全ダブツ、安全だあ。ああっ、胸糞悪い！

老人　原発運転差し止め訴訟などがあると、彼らは競って被告である国側の証人になる。こうした経歴の頂点が、内閣府の原子力委員会委員長や安全委員会委員長というわけじゃ。

蛙　その安全委員長だろ？　午前中に「爆発などあり得ません」と首相に明言したら、午後に一号機が爆発したってのは。変な名前だったな。あの爺《じじい》。デタラメとかタダレメだとか。（見栄を切って）ワタクシは安全マンでーす！　で、政治家はどうなんだ。

老人　こりゃ問題外だよ。七四〇人いる衆参議員の中で、原発や放射能についての基礎知識を持ってる者は、十数人もおらんだろう。その中には、電力業界から入ってきたのも混じっているがな。東電の副社長だった男が参議院議員になり、「放射能は体によい」と言った話は有名じゃよ。どっちみち、政治家は官僚の操り人形だ。金と票さえもらえば満足しとる。バカでも何でも務まる。ドジョウだって首相になれるんだからのう。

蛙　オレはこう思うね。この六角形の奴らはいい死に方はしねえってな。これだけ多くの人間や動物を痛めつけてんだから、バチが当たるに決まってる。（胸を押さえて）イテテッ、また来やがった。

老人　大丈夫か？

蛙　こりゃ放射能のせいだよ。オレはもう長くねえな。テレパシーで分かるんだ。ところで爺さん、生きものが死んだらどうなるか知ってるか？

老人　さてな……。

蛙　天国と地獄の分かれ道があってな。閻魔《えんま》大王が、そこにドカーンと坐っている。そして、死者がどちらに行くべきか判定するんだ。オレはさ、先に死んだ数千匹の仲間たちとそこでおちあい、待ち伏せをするつもりだ。原発村の奴らがやってきて、間違って天国の方へでも行きかけたら、寄ってたかって地獄の底へ引きずり降ろしてやるさ。悪い奴らには、おとしまえが必要だ。どうだい、爺さんも一緒にやらねえかい。

老人　いや、わしはまだこの世でがんばるよ。

蛙　遠慮しなくたっていいんだぜ。（胸を押さえて）ア痛っ、タタタ。内臓がメルトダウンしてやがる。さーてと、オレは、疲れたから帰るよ。爺さんとはもう会えねえかも知れねえな。

老人　ああ。お前も達者でな。

蛙　余計なことかも知れねえが、一言だけメッセージを残しておくよ。原発推進派の人間たちに会ったら伝えときな。お前らがやってることは、自爆テロだってな。

老人　（驚いて）自爆テロ？

蛙　そう。もう一発やらかしたら、日本列島はお終《しま》いだ。

老人　分かった。伝えとくよ。

蛙　じゃあな。あばよ……。

蛙、胸を押さえながら、のこのこと舞台を去る。

老人　さてと、続けるしかないか。

老人、再び線量計を取り出し、ピーピーピー鳴らしながら客席へ入っていく。

［著者略歴］

中村敦夫（なかむら・あつお）

1940年東京生まれ。俳優、作家、日本ペンクラブ理事・元参議院議員。1972年放映の「木枯し紋次郎」が空前のブームになり、数多くのドラマで主演をつとめる。海外取材を基に書いた小説「チェンマイの首」がベストセラーとなり、国際小説ブームの火付け役となった。この成果から84年には、ＴＶ情報番組「地球発22時」のキャスターに起用される。政治的発言が多くなり、98年、参議院東京選挙区から立候補して当選。2000年、「さきがけ」代表に就任。02年には党名を「みどりの会議」に変え、日本最初の環境政党を作ろうと全国の組織化に奔走。07年から3年間、同志社大学院・総合政策科学研究科で講師を勤め、環境社会学を講義。現在は日本ペンクラブ理事、環境委員を務める。

朗読劇　線量計が鳴る　元・原発技師のモノローグ

2018年10月25日　第1刷発行

著　者　中村敦夫
発行所　有限会社 而立書房
東京都千代田区神田猿楽町２丁目４番２号
電話　03（3291）5589／FAX　03（3292）8782
URL　http://jiritsushobo.co.jp

印刷・製本　中央精版印刷 株式会社

落丁・乱丁本はおとりかえいたします。

Printed in Japan
ISBN 978-4-88059-411-8　C0074

池内 了

ねえ君、不思議だと思いませんか？

2016.12.20 刊
四六判並製
288 頁
定価 1900 円
ISBN978-4-88059-399-9 C0040

大学における科学者とお金の問題、リニア新幹線、STAP 細胞騒動、ドローンという怪物、電力自由化の行方、宇宙の軍事化、町工場の技術 etc… 近年の科学トピックスを、豊富な専門的知見から、わかりやすくひもといたエッセイ集。

浜口隆一

市民社会のデザイン 浜口隆一評論集

1998.6.25 刊
四六判上製
432 頁
定価 3000 円
ISBN978-4-88059-240-4 C1052

新進の建築設計家として出発しながら、建築の評論へと転進し、ついには市民社会におけるデザインの分野に大きな足跡を遺した浜口隆一の遺稿集である。生前、著書を持たなかった著者の論文を集めるのに、編集者たちは大変な苦労をした。

中村攻・宮城喜代美・石澤憲三 編

おじいさんおばあさんの子どもの頃 日本は戦争をした

2015.9.10 刊
四六判並製
128 頁
定価 1000 円
ISBN978-4-88059-389-0 C0037

戦争を体験した市民が自ら筆を執り、我が子のために綴ったメッセージを集めました。戦争の本当の姿を知ることから、平和＝全ての人びとが幸せに行きていく土台について考え始めることができるのではないでしょうか……。

三浦 展

人間の居る場所

2016.4.10 刊
四六判並製
320 頁
定価 2000 円
ISBN978-4-88059-393-7 C0052

近代的な都市計画は、業務地と商業地と住宅地と工場地帯を四つに分けた。しかしこれからの時代に必要なのは、機能が混在し、多様な人々が集まり、有機的に結びつける環境ではないだろうか。豪華ゲスト陣とともに「まちづくり」を考える。

加藤典洋

対 談 戦後・文学・現在

2017.11.30 刊
四六判並製
384 頁
定価 2300 円
ISBN978-4-88059-402-6 C0095

文芸評論家・加藤典洋の 1999 年以降、現在までの対談を精選。現代社会の見取り図を大胆に提示する見田宗介、今は亡き吉本隆明との伯仲する対談、池田清彦、高橋源一郎、吉見俊哉ほか、同時代人との「生きた思考」のやりとりを収録。

ジュノーの会編 「ジュノーさんのように」①

ヒロシマの医師をチェルノブイリへ チェルノブイリの子どもたちをヒロシマへ

2010.11.25 刊
四六判並製
208 頁
定価 1500 円
ISBN978-4-88059-360-9 C0395

1986 年 4 月 26 日、チェルノブイリ原子力発電所で大爆発事故が起こった。多くの人たちが多量の放射線を浴び、人々はいろんな病気をかかえると同時に生活基盤も失った。その支援にヒロシマ市民たちが行動を起こした。小さな小さな力で。